AS AMIZADES DESASTRADAS de LOTTIE BROOKS ②

As Amizades Desastradas de Lottie Brooks 2

KATIE KIRBY

Tradução de Luísa Facincani

COPYRIGHT © FARO EDITORIAL, 2025
TEXT AND ILLUSTRATIONS COPYRIGHT © KATIE KIRBY, 2022
COPYRIGHT © 2022 I'M DOING FINE LTD.

Todos os direitos reservados.
Nenhuma parte deste livro pode ser reproduzida sob quaisquer meios existentes sem autorização por escrito do editor.

Milkshakespeare é um selo da Faro Editorial.

Diretor editorial **PEDRO ALMEIDA**
Coordenação editorial **RENATA ALVES**
Editora-assistente **LETÍCIA CANEVER**
Tradução **LUISA FACINCANI**
Preparação **GABRIELA DE ÁVILA**
Revisão **ANA PAULA UCHOA**
Adaptação de capa e diagramação **VANESSA S. MARINE**

Dados Internacionais de Catalogação na Publicação
(CIP) Jéssica de Oliveira Molinari CRB-8/9852

Kirby, Katie
  As amizades desastradas de Lottie Brooks / Katie Kirby ; tradução de Luísa Facincani. -- São Paulo : Faro Editorial, 2025.
  288 p. : il. (Coleção Lottie Brooks ; 2)

ISBN 978-65-5957-822-1
Título original: The Catastrophic Friendship Fails of Lottie Brooks

1. Literatura infantojuvenil britânica I. Título II. Facincani, Luísa III. Série

25-1516   CDD 028.5

Índices para catálogo sistemático:
1. Literatura infantojuvenil britânica

1ª edição brasileira: 2025
Direitos de edição em língua portuguesa, para o Brasil, adquiridos por FARO EDITORIAL

Avenida Andrômeda, 885 — Sala 310
Alphaville — Barueri — SP — Brasil
CEP: 06473-000
www.faroeditorial.com.br

*Para Zoe Telford-Reed, por
me enviar a minha primeira
carta de fã e ter tornado o meu
dia melhor!*

SEXTA-FEIRA, 21 DE JANEIRO

Estou de volta! Me desculpe por ter demorado **TANTO**, mas eu finalmente comprei um novo diário e estou ansiosa para preencher você com todas as minhas aventuras empolgantes… ou aventuras *constrangedoras*, se estivermos sendo totalmente honestos, que é o que fazemos, né?

(Ainda não decidi quais serão as consequências, mas acredite em mim — e estou falando com você, Toby —, você não vai querer saber!)

Enfim, você sentiu minha falta?
NÃO?!
Bom, isso é um pouco rude!
Brincadeirinha.
Acho que só faz uma semana, mas parece muito mais, se é que você me entende, porque **MUITA** coisa aconteceu desde a última vez que nos "encontramos". Que tal uma listinha para atualizar você, hein?

Muito bem, aqui vamos nós. Coisas que aconteceram na semana passada:

* Mamãe ainda está no hospital, mas ela finalmente está voltando para casa amanhã. Visitamos minha nova irmãzinha, Davina — quer dizer, **BELLA** (preciso acertar!) — algumas vezes e ela é muito fofa! Ela não faz muitas coisas ainda, mas acho que precisamos lhe dar mais tempo, pois ela só tem dez dias de vida.

* É *TÃO* maravilhoso a Molly ter voltado da Austrália, temos nos visto quase todos os dias e é como nos velhos tempos.

* Amber e Poppy têm ficado fora do meu caminho. Ufa.

* Eu ainda gosto um pouquinho do Daniel. Mas bem pouquinho mesmo. Quase nada, na verdade.

* Eu com certeza não passo muito tempo sentada na minha mesa sonhando com ele e babando sobre meu diário.

* Ora, quem eu quero enganar? Eu **REALMENTE** gosto dele. Mas, xiiiu, não conte a ninguém, ok?

* Aff, agora eu babei **DE VERDADE** na página! Talvez se eu desenhar uma carinha na baba fique menos nojento?!

* Por que eu divago tanto?! Num minuto estou lhe atualizando sobre minha vida e no outro estou falando sobre Nigel, a mancha de baba. Sobre o que estávamos falando mesmo?

* Ah, é... O adorável Daniel! (Ele é tããããão legal.)

* Preciso que você às vezes diga: **SE CONTROLE, LOTTIE!**, se eu começar a falar demais sobre ele, promete? Vou fingir que você respondeu que sim. Obrigada.

* Hum... o que mais? Os hamsters continuam fofos **COMO SEMPRE**. Aposto que você sentiu mais a falta deles do que a minha, né? Eles estão ainda mais felizes agora que comprei redes novas para a gaiola...

OBS.: Hamsters merecem muito viver a vida dos sonhos porque a expectativa de vida deles é de apenas de dois a três anos na média, o que parece incrivelmente injusto. Mas xiiiu, não conte a Bola de Pelo, o terceiro, nem ao Professor Bernardo Guinchinho, porque não quero que fiquem chateados.

Outra OBS.: Eu os desenhei segurando drinques porque pensei que seria engraçado, mas só para ficar claro, hamsters **NÃO** bebem álcool. Se você começar a colocar gin e tônica na garrafa de água deles, tenho a sensação de que eles podem viver MUITO menos do que três anos. Além disso, seus pais podem ficar muito bravos com você por ter roubado seu precioso gin. Você foi avisado!

SÁBADO, 22 DE JANEIRO

Hoje é o dia que mamãe volta para casa! Mal posso esperar. Quer dizer, no começo, foi divertido ficar só com o papai porque ele é muito mais relaxado com certas coisas como colocar roupa suja no cesto, arrumar a cama, fazer o dever de casa e (principalmente) com o tempo de telas. Ele é super ingênuo, dizia coisas como:

— Há quanto tempo você está no celular, Lottie?

E eu respondia:

— Ah, apenas cinco minutos, pai.

E ele falava:

— Ah, tudo bem, continue, então...

Normalmente eu já estava usando há cerca de duas horas! Que tonto.

O lado ruim eram suas habilidades culinárias. Não que ele não tenha tentado. Eu preferiria que não tivesse tentado e tivesse apenas servido nuggets e pizza, teria sido bom. O problema era que ele estava tão determinado a mostrar para a mamãe que marido e pai incrível ele era, que continuava tentando cozinhar coisas **MUITO** além de suas capacidades, e, depois, dava tudo espetacularmente errado.

Na semanada passada, ele tentou fazer um almoço de domingo sem comprar nenhum dos ingredientes vitais, como frango ou bifes de carne. Então, tivemos peixe assado, que era basicamente um salmão incinerado coberto de molho. Não era nem mesmo um filé de peixe, era um daqueles inteiros que tem rosto e tudo!

Eu e o Toby estamos traumatizados! Estou te dizendo!

Na verdade, ainda estou tendo pesadelos com isso... muitas vezes são bem estranhos, em que o salmão tem bracinhos engraçados e está tocando um pequeno violão. É superestranho.

Hum... talvez eu estivesse sendo um pouco rude, mas não quero cantar canções com um animal aquático morto quando estou tentando ter meu sono de beleza, está bem? O fato de o Sr. Peixe tocar uma versão muito boa de *Watermelon Sugar*, do Harry Styles, não vem ao caso!

16h16

Uhuul, ela voltou! Agora há cinco pessoas morando nesta casa, o que parece uma loucura. Ou sete, se você contar os hamsters como pessoas, o que eu faço, na verdade.

Eles são mais competentes em algumas coisas do que o Toby, então isso tem que contar, não?

Enfim, fiquei abraçada com Bella a tarde toda. Ela tem um cheiro incrível, parece um pouco com milkshake de morango. Huuum.

Mas mamãe parece um pouco diferente, como se estivesse muito cansada.

Eu comentei:

— Uau, mamãe, você parece cansada!

Ela disse:

— Obrigada, Lottie.

— É... você tem olheiras profundas debaixo dos olhos.

— Hum... obrigada, Lottie.

— E estão bem escuras também.... além disso, sua pele está acinzentada.

— Muito obrigada, Lottie.

— Você até parece mais velha na verdade...

— **SIM, OK, VOCÊ JÁ DEIXOU BEM CLARO, OBRIGADA, LOTTIE!**

Eu respondi:

— Nossa, mamãe. Não precisa gritar. Eu estava apenas fazendo uma observação!

Acho que ter um filho envelhece você ou algo do tipo...

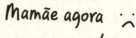

Não sei por quê... até agora me parece bem fácil, já que tudo o que os bebês fazem é dormir.

> **PENSAMENTO DO DIA:**
> Preciso lembrar de comprar para a mamãe um creme facial antienvelhecimento rejuvenescedor no seu aniversário. Ela vai amar.

DOMINGO, 23 DE JANEIRO

4h24

Acordei com um ruído muito perturbador. Parecia um esquilo sendo espancado por uma raposa. Essa pode ser uma analogia um pouco estranha, porque, pensando bem, não tenho certeza de já ter ouvido um esquilo fazendo barulho. Tenho que procurar depois o barulho que faz o esquilo.

Fui investigar e descobri que era Bella! Fiquei estarrecida (adoro essa palavra). Quer dizer, como um bebezinho tão pequeno pode fazer tanto barulho?!

— O que foi, mamãe? O que há de errado com ela?! — perguntei.

— Ela está com fome, meu amor. Só precisa de um pouco de leite.

— Ela não pode esperar pelo café da manhã como uma pessoa normal?

Mamãe riu.

— Infelizmente não, Lottie. Bebês têm barriguinhas bem pequenas, então precisam comer com frequência no início.

Tudo isso parece muito selvagem.

4h47

Não consegui dormir porque fiquei pensando na questão do esquilo. Eu me esgueirei lá para baixo para pesquisar no meu celular — sim, minha mãe é daquelas pessoas que proíbe celulares no quarto (exceto o dela, claro, que ela pode mexer 24 horas por dia, o que é injusto).

Se você está curioso, descobri que esquilos, na verdade, tem uma ampla gama de recursos vocais, incluindo guinchos, grunhidos e latidos. Achei fascinante!

Porém, ainda estou com dificuldade para dormir, pois não gosto de imaginar esquilos latindo, parece um pouco rude.

10h02

Fui acordada bruscamente por papai que me chacoalhava.

— Lottie, acorda! Está tudo bem. Eu estou aqui.

— O que está acontecendo?! — Eu acordei muito confusa.

— Pensei que você estivesse tendo um pesadelo!

— Não... eu estava apenas sonhando que era um... esquilo.

Para ser honesta, tinha sido um sonho bastante agradável. Com certeza melhor do que ser ameaçada pelo Sr. Peixe e seu violãozinho.

— Ah, sim... bom, acho que está tudo bem então... É que parecia que você estava latindo.

— Ah, hahaha... não. Você deve ter se enganado.

Minha nossa, eu sou estranha.

16h12

Caramba, bebês podem fazer bastante barulho.

Bella parece ter parado de dormir o tempo todo e passou a chorar o tempo todo.

Ela está chorando sem parar há duas horas. Nada parece ajudar.

Perguntei a mamãe o que havia de errado com ela dessa vez e ela respondeu:

— Acho que ela precisa arrotar.

Imagine chorar por horas porque você precisa arrotar. Quer dizer, apenas arrote, garota, somos todos da família!

Outras coisas pelas quais Bella chora:

* Estar com fome;

* Trocar a fralda;

* Tomar banho;

* Ser colocada em seu berço;

* Dormir;

* Acordar;

* Fazer cocô;

* Soltar pum;

* Muitas outras coisas sobre as quais ninguém tem a menor ideia.

Isso que é ser melodramática, hein!

Tinha acabado de tomar banho, estava limpinha, cheirando a flores, quando mamãe pediu:

— Você pode segurar Bella por um minuto, Lottie? Preciso fazer xixi.

Eu respondi:

— Claro, sem problemas. — Como a filha prestativa que eu sou.

Quando de repente...

BLURGH.

ESTAVA TOTALMENTE COBERTA DE VÔMITO DE BEBÊ.

Os comentários de Toby não ajudaram em nada.

Então tive que tomar outro banho já que não queria aparecer na escola amanhã cheirando a tigela de cereal mofada que foi deixada debaixo da cama por dois meses (algo que obviamente eu nunca fiz).

Só para constar, mudei totalmente de opinião agora: bebês são péssimos.

SEGUNDA-FEIRA, 24 DE JANEIRO

Acho que nunca acordei me sentindo feliz por ser segunda-feira, mas hoje estou muito contente por sair desse manicômio barulhento. Em comparação com estar em casa, a escola parece férias num spa.

Além disso, foi um ótimo dia porque eu recebi notícias superempolgantes...

Eu estava sentada na sala conversando com a Jess sobre nossos sabores favoritos de miojo — o meu é o de frango com cogumelos (o que é estranho porque eu odeio cogumelos) seguido pelo de carne com tomate. O dela é o de yakissoba e curry apimentado. Fiquei impressionada, sempre pensei que o de curry apimentado seria muito forte, mas talvez eu o experimente.

Enfim, estou divagando. Do que eu estava falando mesmo??

Ah, sim! As notícias superempolgantes. Nossa conversa sobre miojo foi interrompida quando meu celular vibrou. Era uma mensagem da Molly.

MOLLY: MEU DEUS, ADIVINHA! CONSEGUI UMA VAGA EM KINGSWOOD!!!!!

EU: MEU DEUS!!!!!! MENTIRA!!!!!!!

MOLLY: SIM, JURO!!!!!! E ADIVINHA???????

EU: O QUÊ?!???!?

MOLLY: FICAREI NA SUA SALA!!!!

EU: MEU DEUS, NÃO ACREDITOOOOOOOOOOOO!!!!

Talvez a gente tenha se empolgado um pouco com os gritos, mas, puxa, eu estava muito animada!

— O que foi? O que foi? Me conta! — implorou Jess, tentando olhar por cima do meu ombro.

— É a Molly. Ela vai começar a estudar aqui semana que vem!

— Ah, uau! Isso é incrível! Mal posso esperar para conhecê-la.

Eu sorri, porque ter minhas duas melhores amigas na mesma sala vai ser a **MELHOR COISA DE TODAS**.

— Por que vocês duas estão gritando? — perguntou Amber, inclinando-se para descobrir o motivo de toda aquela comoção.

Parte de mim queria mandá-la cuidar da própria vida, mas eu estava determinada a ser uma pessoa melhor esse ano.

(Mas não digo extramadura como uma espécie de gorgonzola... eu não cheiro a queijo... espero!)

— Recebi uma mensagem da minha melhor amiga Molly. Ela vai se juntar ao Sétimo Ano Verde semana que vem — expliquei.

— Sua *MELHOR* amiga? — perguntou ela. — Pensei que Jess fosse sua *MELHOR* amiga.

— Bom, ela é... as duas são. Você pode ter duas melhores amigas, sabia?

— Jura? — perguntou ela, sorrindo. — Você sabe o que dizem: *três é demais*...

— Não me importo com o que dizem. Vai ser incrível.

Amber me lançou seu melhor olhar de tédio.

— Bom, tanto faz. Ela provavelmente vai ser uma nerd igual vocês.

— Ignore ela — sussurrou Jess —, ela está tentando fazer com que você fique nervosa.

Eu suspirei.

— Eu sei...

— Então... — começou Jess —, quando eu finalmente vou conhecer a famosa Molly?

Eu franzi a testa. Não podia acreditar que ainda não as havia apresentado, mas tanta coisa tinha acontecido na última semana que eu literalmente não tinha tido tempo para isso! Entre conversar com a Molly e visitar a mamãe no hospital, fiquei ocupada todos os dias depois da aula.

— Que tal quinta-feira? — sugeri. — Vá lá para casa e você poderá conhecer tanto ela quanto a Bella!

— Mal posso esperar!

Quando cheguei em casa, contei para mamãe que havia convidado Molly e Jess para ir lá. Ela pareceu um pouco chateada para ser honesta.

— Eu acabei de sair do hospital, meu amor. Não dá para esperar um pouco?

— Não! É superurgente, mãe. Molly e Jess não se conheceram ainda e elas são as duas pessoas mais importantes da *MINHA VIDA!*

— Muito obrigada, hein?

— Além da minha família, é claro.

— Fico feliz em ouvir isso. Ok, meu amor. Tenho certeza de que daremos um jeito. O que são mais duas bocas para alimentar, né?

— Uhul! Você é a melhor mãe que eu já tive.

— Quantas mães você teve?!

— Ah, é. Bem lembrado.

TERÇA-FEIRA, 25 DE JANEIRO

Cheguei à conclusão de que não consigo falar com garotos, e por garotos quero dizer Daniel. Quando tento, é como se minha boca estivesse cheia de geleia e nenhuma das palavras sai direito. Veja hoje, por exemplo...

Na verdade, antes de lhe contar sobre isso, aqui vai um breve resumo da minha situação com o Daniel (caso você não tenha lido meu primeiro diário):

* Nos conhecemos na aula de ciências e, em pouco tempo, ele começou a me cumprimentar e a sorrir para mim quando eu o via. Ai!

* Ele me convidou para dançar na festa de outono, mas, como eu estava tão cheia de gases após beber muitos refrigerantes, não pude responder, pois poderia arrotar na cara dele.

* Comecei a me preocupar com a possibilidade de ter estragado tudo...

* Mas então ele me seguiu no Instagram — meu Deus!

* Ele disse que eu estava fofa no meu maiô de "Cupcake fofinho", embora eu parecesse uma bailarina louca.

* Comecei a pensar que talvez ele gostasse de mim!

* Mas aí ele ficou um pouco frio comigo depois que briguei com a Jess. ☹

* Depois que eu e a Jess fizemos as pazes, ele me mandou uma mensagem desejando Feliz Natal!

* Ele começou a sorrir de novo para mim — Uhul! 😊

* Depois que voltamos das férias, de repente percebi que ele estava superlindo, e o resto, como dizem, é história.

Voltando aos dias de hoje

Onde eu estava mesmo? Ah, sim. Falar com garotos... Aff.
    Tivemos aula de ciências logo pela manhã. Eu sempre fico um pouco nervosa porque sei que vou ver o Daniel, e ele se senta bem atrás de mim.
    Quando entrei na sala, a conversa foi assim. Por favor, não ria...

Sério... LANIEL?!?

Ai, ai.

Pior ainda, Poppy e Amber ouviram também e tiveram uma crise de riso. Ficaram cochichando sobre mim a aula toda.

— Você ouviu o que ela falou? — riu Poppy.

— Sim... *Laniel*? Constrangedor! — disse Amber.

Eu não queria que elas tivessem a satisfação de saber que isso tinha mexido comigo, então fingi estar completamente focada no que a Sra. Murphy estava dizendo sobre a composição química de uma banana. Por dentro, no entanto, tudo o que eu queria fazer era entrar em um buraco e hibernar por tipo 78 BIZILHÕES de anos.

QUARTA-FEIRA, 26 DE JANEIRO

(7h27)

Amanhã é o grande dia de apresentar Molly e Jess uma para a outra, e não consigo parar de pensar sobre isso. Eu deveria estar empolgada que minhas duas melhores amigas finalmente vão se conhecer, mas, em vez disso, estou um pouco nervosa. Não consigo entender, por que eu estou tão nervosa?

— O que eles querem dizer quando falam *três é demais*? — perguntei ao papai enquanto enfiava cereal na boca durante o café da manhã.

— Você não conhece o ditado, meu amor? É assim: *um é pouco, dois é bom, três é demais*. É que, muitas vezes, em um grupo em que tem três pessoas, alguém pode se sentir um pouco de fora porque as outras duas pessoas se dão melhor juntas, só isso.

— Ah — eu respondi.

— Por que a pergunta?

— Nada... foi algo que alguém mencionou na escola.

Afastei minha tigela. Estava com uma sensação estranha na barriga. Que desperdício de cereal, e eles nem eram da marca do mercado.

QUINTA-FEIRA, 27 DE JANEIRO

Não dormi muito bem noite passada. Eu finalmente descobri por que estou me sentindo tão nervosa. É porque eu amo muito tanto a Molly quanto a Jess, mas e se elas não gostarem uma da outra?

Maldita Amber que colocou esses pensamentos estúpidos na minha cabeça.

Eu me olhei no espelho para me dar um pouco de incentivo:

— Ouça, Lottie, vai ficar tudo bem! Somos todas adultas agora (mais ou menos).

Pedi apoio aos hamsters, mas eles não me tranquilizaram muito...

18h25

Bom, foi tudo bem. Eu acho.

Quer dizer, foi um pouco estranho em alguns momentos, mas nada nunca é perfeito, né?

Quando eu e a Jess chegamos da escola, mamãe estava um pouco irritada.

— Lottie, não tive tempo de pensar no jantar de hoje, então vou ter que pedir uma pizza para vocês, infelizmente.

— Não se preocupe, mãe. Estamos **MAIS** do que felizes em recusar uma refeição caseira — eu disse, piscando para Jess.

— Obrigada, Lottie. Agora, ouça, vocês podem olhar a Bella por quinze minutos enquanto eu passo um aspirador na casa?

Ainda não entendo por que os adultos são tão obcecados em passar aspirador de pó. Eu **NUNCA** noto as migalhas no chão, mas elas parecem deixar minha mãe superestressada.

— Sem problemas, senhora Brooks — respondeu Jess. — Posso segurá-la?

— **CLARO!** — disse mamãe, talvez um pouco empolgada demais. — E me chame de Laura.

— Tenha certeza de que a cabeça dela está bem apoiada — instruí enquanto mamãe passava Bella para Jess.

— Aaaaaaah, minha nossa, ela é tão pequena e adorável — admirou Jess.

— Espere até cheirar sua cabeça! — eu disse, sentindo-me como uma irmã mais velha muito orgulhosa.

Ela cheirou seu cabelo.

— **MILKSHAKE DE MORANGO!**

— SIM — respondi rindo.

Nesse momento a campainha tocou.

— Deve ser a Molly — eu disse, sentindo um movimento familiar no estômago.

Por favor, que tudo saia bem, eu disse a mim mesma e abri a porta.

— **OI, MELHOR AMIGA!** — disse Molly me dando um abraço.

— Oiêê. — Eu sorri. — Jess já está aqui.

— Ótimo.

Fomos até a sala, onde a Jess ainda estava sentada segurando Bella.

— Entãããão... Molly, essa é a Jess, e Jess, essa é a Molly — eu disse, com um frio na barriga.

— Oi, Jesse — disse Molly, tranquila como sempre. — É um prazer finalmente te conhecer.

— É um prazer te conhecer também, Molly! Também acabei de conhecer a Bella. Ela não é linda?

— Muito! E você cheirou a cabeça dela?

— Sim... milkshake de morango, né?

As duas começaram a rir e eu sorri. O nó no meu estômago estava se desfazendo, eu sabia que tudo daria certo.

Eu não tinha nada com o que me preocupar. Foi só a idiota da Amber colocando coisas na minha cabeça.

PENSAMENTO DO DIA:
Não dê ouvidos a nada do que a Amber disser NUNCA MAIS.

SÁBADO, 29 DE JANEIRO

Fui ao shopping com Jess e Molly. Nenhuma de nós tinha dinheiro, então só fomos experimentar coisas. Fizemos aquela brincadeira em que escolhemos roupas uma para as outras, e quanto mais ridículo, melhor.

Foi bem chato, na verdade, porque não importava o que escolhêssemos para Molly, ela parecia incrível, enquanto na maioria das vezes, eu e Jess parecíamos patetas. Ela conseguiu fazer com que um simples vestido preto ficasse incrível.

Jess disse:

— Molly, esse vestido faz você parecer quase uma adulta!

— É porque você tem seios de verdade — eu concordei, percebendo de repente como ela parecia mais velha desde que havia voltado da Austrália.

— Sim, fui fazer compras com minha mãe semana passada e sou oficialmente um tamanho P agora — disse ela.

Tentei não sentir inveja, mas quando olhei para o meu peito mais do que achatado, foi difícil não sentir. Veja bem, ainda estou atrasada em relação a todo mundo no quesito puberdade. Talvez seja informação demais, mas posso lhe dar uma atualização? Quer dizer, somos amigos, não? Então...

1. A área do meu peito está um pouco dolorida, o que, de acordo com o livro que mamãe me deu, significa que o crescimento dos seios está iminente, mas, ahn, oláááá? Ainda estou esperando! Se alguém estiver ouvindo, tenho doze anos e meio, então parece justo que eu tenha seios logo.

2. Tenho um total de três pelos pubianos. Ah, e alguns pelos finos na axila também. Talvez eu tente raspá-los em breve, mas parece ok no momento.

3. Tenho o temido odor corporal e agora tenho que tomar banho **TODOS OS DIAS**. Ah, que saudade dos dias em que eu não tinha cheiro nenhum. Eu não notei a mudança de início, mas então mamãe começou a fazer algumas insinuações e, por fim, sim... eu tive que admitir que ela estava certa.

4. Também tenho que lavar meu cabelo com muito mais frequência já que se tornou uma fábrica de oleosidade. Costumava lavá-lo duas vezes na semana, mas agora é dia sim, dia não, e mesmo assim, às vezes parece que eu esfreguei manteiga de manhã. AFF! Como isso é justo????

5. Minha pele está definitivamente mais oleosa também, mas, por sorte, com exceção de algumas manchas, não tive grandes surtos de acne (até agora, mas bate na madeira).

6. A menstruação ainda não deu as caras. Felizmente, Molly e Jess estão na mesma situação; e eu me pergunto quem será a primeira. Só espero não ser a última.

Não demorou muito para a vendedora começar a nos lançar olhares e fazer comentários esnobes como:
— Vocês estão realmente planejando comprar alguma coisa, meninas?
Quer dizer, que rude! Só estávamos lá há duas horas e meia.
Eu entendo que deve ser irritante guardar grandes quantidades de roupa que nunca compraríamos, mas não é como se ela não estivesse sendo paga para isso.
Para provar algo, Jess comprou um par de óculos que estava por 99 centavos.

DOMINGO, 30 DE JANEIRO

Estou muito animada porque Molly vai voltar para a escola amanhã! Ela veio aqui em casa à tarde para me mostrar seu uniforme e verificar se não havia cometido nenhum crime de moda — como se ela pudesse fazer algo assim!

Combinamos de ir juntas para a escola amanhã. Molly é a que vive mais longe da escola, então ela vai passar aqui primeiro e depois vamos juntas até a casa da Jess, que é mais perto.

Depois vamos passar pela banca de jornal e gastar o que restou das nossas mesadas comprando chicletes para mascar em segredo na aula dupla de ciências (nós nos sentamos quase no fundo e a Sra. Murphy é praticamente cega).

SEGUNDA-FEIRA, 31 DE JANEIRO

Molly chegou quando eu estava terminando de comer meu cereal. Eu acordei 8h03 e prendi o cabelo em um rabo de cavalo alto sem nem mesmo penteá-lo. Eu não tinha dado muito atenção à minha aparência, mas quando vi Molly e notei meu uniforme amassado (mamãe morreria se passasse roupa às vezes?!). De repente, me vi muito consciente disso.

Tentei falar sobre isso com a mamãe, mas ela não parecia muito interessada em levar em conta minha observação...

Acho que nunca vi alguém fazer o uniforme escolar parecer algo que você gostaria de usar só por diversão, mas, de alguma maneira, Molly conseguiu esse feito. Juro que ela tem mais ousadia no dedo mindinho do que eu no meu corpo inteiro.

Ela estava usando brincos com pedras da lua rosa púrpura, que ficavam lindos com seus cachos ruivos soltos. Não tenho certeza se estava imaginando isso, mas até parecia que ela tinha um sotaque australiano na voz.

— Você está ótima, Mol — comentei.

— Haha. Ninguém fica bem de uniforme — respondeu ela.

— Ninguém além de você.

Ela revirou os olhos.

— Para com isso — disse, encaixando o braço no meu. — Vamos lá.

Caminhamos até a casa da Jess, que também estava empolgada para nos ver.

— O Formidável Trio — disse Jess, rindo, a caminho da escola. — A Escola Kingswood nem vai saber o que a atingiu!

Na sala, Sr. Peters apresentou Molly e a fez se levantar e contar um fato curioso sobre ela.

Eu estremeci, lembrando-me da revelação sobre o KitKat Chunky. Isso ainda faz eu querer morrer de vergonha!

No entanto, isso não parece incomodar Molly. Ela sempre foi mais assertiva do que eu, mas agora parece exalar confiança pelos poros. Senti uma mistura de orgulho e um pouquinho de inveja ao ouvi-la falar.

— Meu nome é Molly. Acabei de voltar da Austrália, onde estava aprendendo a surfar e tentando, sem sucesso, pegar um bronzeado (algumas risadas na sala). Gosto de animais, de atuar, cantar, correr, de esportes e, acima de tudo, de fazer comprar (mais risadas, especialmente das garotas). Estou animada para conhecer todos vocês. Sou a melhor amiga da Lottie desde que tínhamos cinco anos, o que torna tudo um pouco menos assustador!

— Isso é ótimo, Molly. Também estamos muito animados para conhecer você e ouvir tudo sobre sua vida lá do outro lado do mundo — comentou Sr. Peters.

Como ela faz isso?! Tirou de letra!

Depois, no corredor, Amber e Poppy vieram saltitando até nós. Eu digo — saltitando — porque elas pareciam duas bolas saltitantes. Fiquei imediatamente desconfiada.

— Molly, oi — disse Amber. — É tãããããããão bom conhecer você! A Lottie nos contou tudo sobre você.

Bom, isso era uma mentira das grandes!

Naquele momento, Lindo Theo passou por nós e vi Molly olhá-lo duas vezes.

— *É ELE?!* — perguntou ela.

Eu já tinha contado para ela sobre Theo e sua beleza.

— *OI, THEO!* — gritou Amber.

— Olá, Amber — respondeu ele, e então, vendo meu olhar disse: — Oi, Pepi!

— Oi! — respondi.

— Ele te chamou de Peti? — perguntou Molly.

— Não, infelizmente me chamou de Pepi... de pepino.

— Ah, entendi... — disse Molly. Mas pude notar que ela não estava realmente ouvindo. Já estava sob o feitiço do Lindo Theo...

TERÇA-FEIRA, 1º DE FEVEREIRO

Daniel sorriu e acenou para mim de novo hoje. Molly e Jess estão convencidas de que ele gosta de mim. E não apenas que ele gosta de mim, mas **GOSTA** de mim. Da mesma maneira que eu gosto de bolacha recheada, mas **GOSTO** mais de KitKat Chunkys.

Talvez eu até **GOSTE** do Daniel mais do que de KitKat Chunky... Talvez eu esteja **APAIXONADA** por ele?!

Do que eu estou falando? Eu claramente não **AMO** o Daniel. Quer dizer, eu mal o conheço. Eu só quero beijá-lo...

Meu Deus, alguém cala a minha boca! **EU NÃO QUERO BEIJAR O DANIEL!** Só tenho doze anos e só a ideia de beijar alguém já me apavora.

O que você faz com seus lábios? E se você babar na pessoa que está beijando? E se tiver mau hálito? E se a pessoa tiver mau hálito? E se os dentes se baterem? E se estiver fazendo muito frio e seus lábios se congelarem e você tiver que ligar para os bombeiros para separá-los com um pé-de-cabra e a história acabar no jornal da cidade?

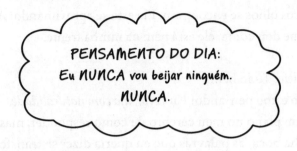

QUARTA-FEIRA, 2 DE FEVEREIRO

Tudo isso sobre beijar o Daniel, ou mais precisamente, sobre NÃO beijar o Daniel, tornou minha habilidade de parecer normal diante dele AINDA pior.

Foi isso o que aconteceu hoje:

Eu e as garotas estávamos voltando para a sala depois do almoço quando vi ele e seus amigos se aproximando. Tentei parecer tranquila, eu realmente tentei. Mas é como se um alarme começasse a soar dentro da minha cabeça...

E então vejo que ele está a apenas alguns metros de distância. Ele ergue o olhar e nossos olhos se encontram. Ele está se aproximando! AAAH!

Quando me dou conta, ele está bem na minha frente.

Ele diz:

— Oi, Lottie. Tudo bem?

Por dentro estou pensando: *Por favor, aja com naturalidade.*

Eu bolo um plano no meu cérebro de como responder, mas quando saem da minha boca, as palavras que eu queria dizer se transformaram em algo que não faz o MENOR sentido...

Sim, querido leitor, eu respondi com "bene cê".

Ele me olhou de um jeito estranho, e então dei uma risada estranha e corri para a aula de matemática.

Sério, **BENE CÊ?!**

O que isso significa???

Tentei me agarrar à esperança de que talvez não tivesse soado tão estranho quanto pensei, mas quando me virei e vi Jess e Molly se contorcendo de tanto rir, eu sabia que tinha cometido uma *faux pas*. (Aprendi isso na aula de francês. Significa fazer algo que envergonhe a você mesmo!)

Portanto, parece que não tenho problemas quando sorrio e aceno para o Daniel à distância, a questão é usar palavras. E eu acho que é um problema muito grande, porque ser capaz de conversar com a pessoa que você gosta é importante. Então, eu vou me esforçar muito, muito mesmo, para agir normalmente com ele na próxima vez.

Deseje-me sorte!

QUINTA-FEIRA, 3 DE FEVEREIRO

Desde que Molly veio para nossa escola, eu me sinto quase como uma celebridade por associação.

Todo mundo parece querer fazer amizade com ela, incluindo Amber e Poppy, que estão agindo como se fossem superadoráveis e fofas outra vez.

Acho que preferia quando elas eram más, pois pelo menos sei em que pé estou com elas.

Hoje a Amber se virou para mim, Jess e Molly na aula e disse:

— Garotas... eu estava pensando... talvez a gente pudesse se encontrar na cantina para almoçar um dia desses?

E eu fiquei tipo: O QUÊ?

— Claro. Seria legal — respondeu Molly.

— *Uhul!* — disse Poppy. — Estamos bem ansiosas para conhecer você melhor.

— Ei, espere um minuto — eu disse, tendo uma súbita explosão de confiança. — Pensei que nós fossemos perdedoras, e que vocês não queriam ser vistas conosco nem mortas?

— Ah, Lottie, você é tão dramática — disse Amber. — Foi apenas zoeira. Certo, Poppy?

— Sim, zoeira! — respondeu Poppy.

Fiquei ali parada, com um olhar vazio, enquanto elas se viraram e se afastavam.

— Bom, isso foi estranho — comentou Jess.

— Eu sei, o que será que elas estão aprontando? — perguntei. — Zoeira?!

— Talvez elas estejam se sentindo mal e queiram retomar a amizade... — disse Molly.

— Acho que elas nem sabem como é se sentir mal — respondi.

Muito, muito suspeito.

SEXTA-FEIRA, 4 DE FEVEREIRO

3h47

Acabei de ter um pesadelo realmente **HORRÍVEL**. O Sr. Peixe voltou, mas dessa vez ele era do mal. Eu disse que não queria cantar, mas ele tentou me forçar a tocar seu pequeno violão. Ele era muito insistente, foi assustador demais.

Tenho que admitir que ele tinha razão. Nunca pensei sobre isso antes, mas flautas realmente soam como gaivotas morrendo. Suspeito que é por isso que metade dos pais tampou o ouvido quando minha classe tocou *Dorme a Cidade* na flauta doce no Concerto Natalino do 4º ano.

Ainda não consegui dormir. Fiquei me perguntando se o Sr. Peixe estava certo e talvez eu esteja desperdiçando minha vida ao não explorar meus talentos musicais?!

Fui perguntar a mamãe e ao papai sobre isso e eles foram incrivelmente rudes!

Aparentemente Bella ficou acordada por duas horas e eles tinham acabado de colocá-la para dormir, mas isso não é problema meu, é?

Eu acordei superatrasada para a escola hoje de manhã (sim, eu sei, de novo). Acordei às 8h10 quando ouvi Molly tocar a campainha.

— Me desculpe, Mol — eu disse, esfregando meus olhos com sono. — Pode ir e eu te encontro por lá.

Aparentemente mamãe e papai não me acordaram porque estavam tão cansados que se esqueceram de colocar um alarme para tocar. Tsc, tsc. Só porque eles têm um bebê para cuidar agora, não significa que devem negligenciar sua primogênita. Eu entendo que estão sofrendo com a privação do sono, mas nada disso é fácil para mim também. Como posso chegar à escola no horário se ninguém vem me acordar a cada cinco minutos durante meia hora?

Isso é ridículo. Daqui a pouco pedirão para eu fazer meu próprio café da manhã e lavar minha própria roupa!

Pensando nisso, não tenho ideia da última vez que alguém se importou em lavar meus lençóis, e tive até mesmo que pegar um prato limpo da lava-louças outro dia porque ninguém a esvaziou.

Honestamente. A mamãe acha que há uma espécie de fada mágica da limpeza que aparece e lida com tudo isso ou algo assim?

Eu reclamaria com a administração, mas sei exatamente o que eles falariam:

— Ora, por que você não ajuda um pouco com as coisas da casa, Lottie?

Como se eu já não tivesse responsabilidade o suficiente na minha vida com o dever de casa, administração das redes sociais e pensando em garotos.

Enfim, vou parar de reclamar e voltar para a história...

Quando cheguei na sala, Amber e Poppy estavam ao redor de Molly, gargalhando.

Fui até Jess, que estava completamente alheia e conversando com Meera e Kylie.

— Jess, o que está acontecendo ali? — sussurrei, olhando-as de lado.

— Como assim?... Ah. — Ela percebeu o que eu estava observando. — Ahn, elas estão apenas conversando... certo?

— Apenas conversando?! Hum... vou até lá.

Fui até o outro lado da sala. Uma grande parte de mim queria agarrar Molly pelo braço e arrastá-la dali...

Mas eu não fiz isso porque me lembrei de que não tinha mais quatro anos de idade.

— Ah, Lottie, oi! — disse Amber. — Molly estava contando *TUDO* pra gente de quando vocês se conheceram. Deve ser *TÃO* legal ter uma *MELHOR* amiga há *TANTO* tempo. — Então ela olhou para Molly: — Você também tem um colar combinando?

— O quê? — perguntou Molly, parecendo confusa.

— Bom... eu achei, vendo a Lottie e a Jess com colares combinando, que você também teria um...

— Ah... não... eu não sei nada sobre colares.

— Foi algo que eu e a Jess demos uma para a outra no Natal... não é nada de mais... — eu comentei, tentando diminuir sua importância.

— Você não os viu?! São dois pedaços de um coração que se encaixam, sabe, como aqueles que *MELHORES AMIGAS PARA SEMPRE* têm.

Molly sorriu, mas pude notar que ela estava tentando não parecer incomodada. Eu sabia o que Amber estava tentando fazer e queria que ela calasse a boca!

Mais tarde, depois de deixarmos Jess em sua casa, eu disse:

— Estou um pouco preocupada que você esteja chateada sobre o negócio do colar...

— Não. Eu não preciso de um colar para provar que você é minha melhor amiga. Eu sei aqui dentro — disse ela, batendo no coração.

UFA. ESTOU ALIVIADA!

SÁBADO, 5 DE FEVEREIRO

Passei a manhã deitada no sofá assistindo aos TikToks de outras pessoas e me perguntando como elas conseguem parecer tão legais sem esforço, enquanto eu pareço tão legal quanto uma espátula.

Existe esse movimento em que você está com os óculos em cima da cabeça e então a balança ao ritmo de uma música e os óculos caem exatamente no lugar certo do seu rosto. Mas os meus nunca caem. Eles saem voando ou caem de lado. É tão frustrante!

Toby estava focado no Minecraft e não pensei que estivesse prestando atenção em mim, mas então ele começou a rir e eu percebi que ele estava me filmando enquanto eu tentava acertar o movimento.

— Lottie, você é tão **AMADORA** no TikTok! — disse ele, rindo.

— Não sou **AMADORA**! Você que é **AMADOR**! — protestei e imediatamente me arrependi, pois a pior coisa que eu posso fazer é dar atenção a ele.

— **LOTTIE É UMA AMADORA! LOTTIE É UMA AMADORA!**

Então baixei meu celular e comecei a bater nele com uma almofada do sofá enquanto ele me acertava com um grande orangotango de pelúcia chamado Kevin.

Mamãe apareceu na porta.

— Ei, o que está acontecendo aqui? Vocês acordaram a Bella!

— Ops — disse Toby.

— Desculpe, mãe — eu disse, envergonhada.

— Huuuum, vocês estão passando tempo **DEMAIS** nas telas ultimamente. Acho que seria bom para vocês dois terem um dia de folga amanhã.

— O quê? Não é justo. Você e o papai estão SEMPRE no telefone, mas nós nunca brigamos com vocês.

— Isso não é verdade!

— É sim! Você passa metade da sua vida na página da imobiliária procurando casas dos sonhos que nunca seremos capazes de comprar.

— Bom, talvez eu tenha feito isso algumas vezes...

— E o papai é tão ruim quanto você, sempre no Twitter vendo vídeos engraçados de cachorros.

— Não é sempre, Lottie...

— Viu? Vocês não conseguiriam passar um dia sem o celular, então por que nós deveríamos fazer isso?

Mamãe pareceu horrorizada.

Em retrospecto, foi uma coisa bem idiota de se dizer, porque em seguida mamãe começou a falar como ela e o papai achariam isso incrivelmente fácil e, para provar, ela iria insistir em um dia sem tecnologia amanhã para a família **TODA**.

— **NÃÃÃÃÃÃÃÃÃÃO, mãe!!!!!!!** Eu preciso trocar meu bicho-preguiça ultrarraro de neon com o lendário macaco albino voador do Luke amanhã!

— As coisas megaultravoadoras de neon podem esperar, Toby!

Eu resmunguei. Que ótimo.

Acho que pelo menos sofreremos todos juntos.

DOMINGO, 6 DE FEVEREIRO

10h04

Acordei essa manhã e desci as escadas. Mamãe estava acordada desde as 4 da manhã com Bella e tinha decidido usar o tempo extra para fazer um cartaz e tudo mais. Ela claramente estava adorando aquilo!

— Família... tecnologia... é uma boa rima, não é — perguntou ela.
Ahnnnn... NÃO!
Aparentemente, podemos adotar isso como uma política familiar daqui para frente, pois esperamos que isso nos torne mais presentes e nos encoraje a criar laços e a crescer como família.
Ninguém parecia muito convencido, para ser honesta.
Papai fez sanduíches com bacon, que estavam deliciosos, mas comemos em silêncio.
— Tenho uma ótima ideia! — disse papai. — Vamos jogar eu vejo com meus olhinhos...
Eu revirei os olhos e Toby resmungou. Ele estava irredutível, mas não durou muito...

Acho que os sanduíches foram para suavizar o golpe, porque depois que terminamos, mamãe apareceu com um grande pote de plástico com uma fita crepe que dizia: *Prisão de Telas*.

Eu, mamãe e papai colocamos nossos celulares no pote, e o tablet do Toby precisou ser arrancado dos seus braços, os aparelhos pareciam tão tristes presos naquela prisão de plástico! Isso era completamente injusto, eles nem ao menos sabiam o que tinham feito de errado para estarem naquela situação.

— Adeus. Vou sentir sua falta. Nunca esquecerei você — eu prometi.

10h30

Que dia sem propósito.

As únicas coisas nas quais conseguia pensar envolviam telas.

Assistir a transformações de maquiagem no YouTube = *TELAS*

Ficar horas no Instagram/TikTok = *TELAS*

Roblox = *TELAS*

Jogar Mario Kart com Toby = *TELAS*

Mandar mensagens para minhas amigas/ ligar para minhas amigas/ fazer ligação de vídeo com minhas amigas = *TELAS*

— Eu só não entendo o que devemos fazer! — eu disse para ninguém em particular.

— Ah, Lottie, há tantas coisas para se fazer além de olhar para um celular — disse papai. — Espero que esse tempo a encoraje a usar sua imaginação e pensar fora da caixa.

Porém, eu notei que ele ficava colocando a mão no bolso da calça onde normalmente guardava o celular e então tirava a mão vazia e a encarava com uma espécie de olhar triste.

13h07

— Já sei — disse mamãe. — Vamos fazer uma boa caminhada!

Todos nós olhamos pela janela e, bem na hora, um monte de nuvens de tempestades apareceram e os céus se abriram.

Papai, vendo o terror em nossos rostos, disse:

— Não existe tempo ruim, apenas roupas ruins.

Eu disse:

— Esse é o ditado mais idiota de todos!

No entanto, todos da minha família eram claramente idiotas pois não se intimidaram.

Então, vestindo nossas roupas à prova d'água e nossas galochas, saímos para desfrutar de uma adorável e agradável caminhada no parque.

Não vou mentir: foi horrível. A única que pareceu gostar foi Bella porque ela estava em seu aconchegante carrinho forrado de pele de cordeiro com uma capa de chuva por cima. Eu estava com inveja e fiquei tentada a entrar ali com ela.

Após cerca de quatro milhões de horas, mamãe finalmente concordou que já tínhamos tido ar fresco o suficiente e poderíamos ir para casa.

Quando entramos pela porta, ela disse:

— Bom, foi adorável. Que tal nos secarmos e nos aconchegarmos no sofá com uma xícara de chocolate quente para ver um filme?

— *UHUL!* — dissemos eu e Toby.

Mas papai nos lembrou que a TV também era uma tela, então isso também estava proibido.

AFF.

15h12

Papai sugeriu montarmos um quebra-cabeça. O que ele pensa que é isso? A Era Vitoriana ou algo assim?

15h43

Completei um quebra-cabeça de doze peças do Carteiro Pat e um de dezoito peças da Patrulha Canina. Eu os montei bem rápido na verdade. Talvez eu seja muito talentosa como montadora de quebra-cabeças.

15h55

Acabei de ver que a faixa etária recomendada para os quebra-cabeças é de três a cinco anos. Talvez eu não seja tão talentosa assim.

16h05

Ô-ô! Mamãe montou Cobras e Escadas para jogarmos.

— Todos nós sabemos como Cobras e Escadas termina — eu disse, dando de ombros e apontando para Toby.

— Isso foi anos atrás, Lottie. Ele cresceu muito desde então.

16h31

Eu estava certa. A primeira vez que Toby caiu em uma cobra ele desistiu de raiva.

Depois, devido a toda comoção, Bella começou a gritar; então mamãe a levou lá para cima para tirar uma soneca.

A casa está um silêncio só. Onde está todo mundo? Vou investigar...

17h14

Inacreditável!
Fui procurar meus pais **DESAPARECIDOS** e adivinhe onde estavam...

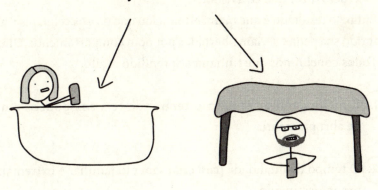

Mamãe estava totalmente vestida, escondida na banheira enquanto olhava casas de um milhão de reais na página de imobiliárias, e papai estava debaixo da cama rindo com vídeos engraçados de cachorros.

Eu os levei lá para baixo para ter uma conversa séria sobre o comportamento deles.

— Sinto muito, Lottie. Você estava certa — disse papai. — É realmente difícil abrir mão das telas por um dia inteiro.

— Odeio dizer que eu avisei...

Enfim, o resultado é que mamãe anunciou que nossos celulares tinham cumprido sua pena e seriam libertados por bom comportamento. Uhuuul!

Todos concluímos que tínhamos aprendido muito:

1. É melhor tentar reduzir o tempo de tela aos poucos em vez de abruptamente.

2. O tempo de qualidade para criar vínculo familiar é extremamente superestimado.

— É tudo uma questão de moderação — disse mamãe.

— Sim, totalmente — eu respondi. — Vou tentar diminuir meu tempo no YouTube de três horas por dia para duas...

Ela pareceu horrorizada, mas concordou mesmo assim, e tivemos uma noite adorável fazendo nossa própria versão de tempo de qualidade em família.

17h26

DESASTRE!

Liguei meu celular e descobri várias mensagens...

> **MOLLY**: Acabei de ver seu último vídeo no TikTok — você quis publicá-lo?! Deveria ser engraçado?

> **JESS**: Hum... TikTok interessante, Lottie! Postou de verdade?!

PÂNICO!!!

Qual TikTok?! Eu não postei nada.

Rapidamente fui até o aplicativo e o abri. De alguma maneira, na confusão com o Toby, eu consegui postar um vídeo meu tentando (sem sucesso) fazer o movimento dos óculos de sol, culminando com ele gritando: *Lottie é uma amadora!*; e tentando me atacar com Kevin, o orangotango.

A esperança de que ninguém o tivesse visto foi rapidamente esmagada quando vi o número de visualizações: vinte e cinco. Incluindo Amber, Poppy, Theo e Daniel.

NÃÃÃÃÃO! Por que esse tipo de coisa sempre acontece comigo?

SEGUNDA-FEIRA, 7 DE FEVEREIRO

Hoje foi **TOTALMENTE HILÁRIO**. Só que não.

Cheguei à sala hoje de manhã e todo mundo estava sentado usando seus óculos de sol assim...

Até mesmo Jess usava seus óculos de 99 centavos. Quer dizer, e você se diz minha amiga?! Isso deve ter sido pré-planejado, pois é fevereiro, pelo amor de Deus, e o céu está completamente cinza.

Depois voltei para casa e me deparei com uma carnificina **TOTAL**. Toby e seu amigo Leo estavam correndo pela casa e fazendo uma batalha de sabres de luz com utensílios de cozinha. Eles já tinham quebrado um vaso e um porta-retratos.

Mamãe estava na cozinha tentando preparar o jantar enquanto balançava Bella, que gritava a plenos pulmões. Ela parecia prestes a ter um colapso nervoso.

— Você pode pegá-la por um minuto, por favor, meu amor? — pediu ela.

— Claro.

Eu não tinha ideia de como fazer bebês pararem de chorar, mas tentei cantar músicas bobinhas e inventadas para ajudá-la a se acalmar, e adivinhe? Funcionou! Ela adorou demais essa daqui (que eu inventei depois que ela fez um cocô enorme que sujou até suas costas)...

A família toda está me chamando de Encantadora de Bebês agora — não tenho certeza se isso é algo bom ou ruim!

TERÇA-FEIRA, 8 DE FEVEREIRO

Tenho algo vagamente interessante para lhe contar hoje: o Sr. Peters fez um anúncio na sala.

— A escola está planejando um concerto de primavera após o feriado da Páscoa e haverá várias apresentações de grupos de diferentes anos: música, atuação, canto, esse tipo de coisa. Tenho certeza de que a senhora Lane falará mais sobre isso na aula de teatro. Eu adoraria ver alguns rostinhos no palco, hasteando a bandeira do sétimo ano. Muito bem, boas aulas.

— Uau! — disse Molly, virando-se para mim e para Jess. — Isso não é legal? Vamos todas tentar participar?

— Claro — respondeu Jess, sorrindo.

— Ah... acho que sim — respondi, sabendo que isso não era muito o meu forte, mas sentindo que não queria ficar de fora. Vou deixar os papéis mais importantes para elas e talvez eu possa ajudar nos bastidores. Pelo menos isso significaria que ficaremos juntas.

QUARTA-FEIRA, 9 DE FEVEREIRO

Tivemos aula de teatro hoje e a Sra. Lane revelou que os sétimos e oitavos anos se reuniriam para interpretar uma versão resumida de *A Pequena Sereia*.

Bom, eu quase molhei as calças. Não conseguia conter minha empolgação e, sem pensar, eu me levantei do carpete onde estava sentada, comecei a bater palmas e anunciei:

O que foi muito constrangedor porque obviamente estamos no sétimo ano e não é tão legal ainda gostar de filmes da Disney. Mas ele é brilhante, não é? Seguido de perto por *A Bela e a Fera*.

A Sra. Lane disse:

— Bom, isso é fantástico, Lottie, espero vê-la nas audições!

— Já sei, Lottie, você pode fazer o teste para o papel de pepino do mar! — disse Amber.

Todos na sala deram risada. Sério, será que foi tão engraçado assim?!

A Sra. Lane deu um olhar de advertência para Amber, antes de continuar.

— Agora, a peça consistirá em apresentações das músicas principais com algumas sessões curtas de atuação entre elas. Deve durar cerca de

30 minutos no total, então não se preocupem, pois não haverá muitas falas ou canções para aprender. Alguém tem alguma pergunta?

— AAAH, eu tenho, professora — disse Amber.

Essa garota nunca fica quieta?!??!

— Posso ser Ariel? Sou uma cantora incrível. Você poderia contar comigo, professora!

— Isso é ótimo, Amber, mas você terá que participar das audições junto com todo mundo. Tenho certeza de que seu entusiasmo, assim como o de Lottie, lhe será muito útil. Os detalhes da audição ficarão disponíveis no quadro de avisos do teatro após as aulas.

O sorriso de Amber se desmanchou imediatamente. Ela esperava que a Sra. Lane lhe desse o papel assim na hora?! De qualquer forma, tenho certeza de que os papéis principais têm muito mais chances de ir para os alunos do oitavo ano.

— Mais alguma pergunta?

Theo levantou a mão.

— Sim, Theo?

— Posso ser o príncipe encantado?

Todos riram e notei que Molly corou um pouco.

Sra. Lane suspirou.

— Como eu disse a Amber, Theo, você está convidado a fazer o teste junto com todos os outros. Certo, vamos continuar. Hoje vamos nos aquecer fingindo que somos lagartas muito agitadas que estão desesperadas para usar o banheiro. De pé, pessoal.

reclamação coletiva

Depois da aula, havia uma multidão ao redor das portas do departamento de teatro. Eu, honestamente, não achei que haveria tanto interesse, mas as peças da escola são mais importantes aqui do que eram no primário. Para começar, há um auditório adequado com um grande palco, cortinas e iluminação. Tudo parece muito profissional.

Ver todo mundo se amontoar para dar uma olhada nos detalhes da audição fez com que tudo parecesse empolgante. Estou começando a me perguntar se eu deveria fazer o teste para um papel no final das contas...

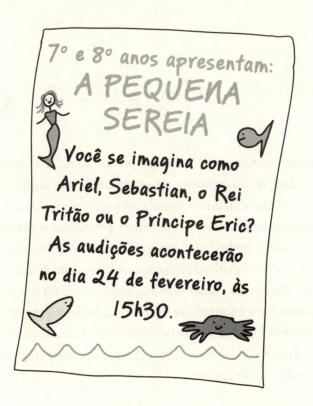

Quando cheguei em casa, contei a mamãe e ao papai sobre a peça. Eles ficaram muito contentes por eu estar pensando em fazer o teste. Toby disse que eu deveria escolher o papel de Ursula, já que somos terrivelmente parecidas. Foi um pouco cruel! Eu realmente pareço um polvo do mal?!

Resisti ao impulso de atirar meu iogurte nele. Não porque ele não merecia isso, mas porque era de banana com flocos de chocolate, meu sabor favorito — nhami!

QUINTA-FEIRA, 10 DE FEVEREIRO

Tive detenção depois da escola por não prestar atenção na aula.

O Sr. Bishop, nosso professor de geografia, estava tagarelando sobre nuvens e eu estava sonhando acordada comigo e com o Daniel...

Estávamos no nosso primeiro encontro e estava indo superbem! Tínhamos ido ao cinema, onde dividimos uma pipoca, e depois fomos ao Píer de Brighton, onde ele ganhou uma enorme banana de pelúcia para mim. Em seguida, decidimos comer algodão-doce, o que foi um erro porque comer algodão-doce enquanto segurava uma banana gigante virou uma bagunça. Depois, fomos ao trem-fantasma, o que mais uma vez foi difícil com a banana... então eu estava começando a me arrepender da banana, mas ei, vivendo e aprendendo.

Enfim, onde eu estava? Aaaah, o trem-fantasma... Havia vários esqueletos e zumbis saltando por todos os lados, então foi muito assustador! Eu continuava gritando (e me conhecendo, sabia que estava sendo um pouco dramática de propósito) e o Daniel estava prestes a colocar o braço ao meu redor e...

Ouvi o Sr. Bishop gritar:

— **LOTTIE BROOKS, POR FAVOR, NOMEIE TRÊS TIPOS DE NUVENS DE BAIXA ALTITUDE!**

Nossa, como isso foi rude! Eu estava quase chegando na parte boa do meu sonho.

Enfim, eu obviamente não estava ouvindo todos os nomes específicos entediantes das nuvens, então respondi:

— Ahn... fofinha... rala...e, ahn... grande?

A sala toda deu risada, e Jess me cutucou dizendo:

— Mandou bem, Lottie! — o que foi estranho porque eu não estava tentando ser engraçada.

— **ERRADO**! Se você estivesse prestando atenção, saberia que a resposta é stratus, stratocumulus e cumulonimbus. Então talvez você queira compartilhar com a classe por que, em vez de ouvir a explicação, você estava olhando pela janela com uma expressão ridícula no rosto?

Bom, não, eu não queria contar à classe sobre o meu encontro com Daniel e a enorme banana de pelúcia!

Então Amber decidiu dizer:

— Ela provavelmente está pensando no garoto de quem gosta, professor.

Uma pena que eu não tinha a enorme banana de pelúcia para bater na cabeça dela!

Então o Sr. Bishop disse:

— Se você está priorizando garotos em vez de aprender o nome científico das nuvens, então eu sinto muito por você, Lottie, é uma maneira muito triste de se viver. Você pode aprender sobre tudo o que perdeu na detenção depois da aula.

Aff, foi tão irritante! Mas foi o Sr. Bishop que se deu mal, porque eu não passei a detenção aprendendo os estúpidos nomes das nuvens stratoscumulusnimbólicas. Fiquei sonhando acordada com o Daniel de novo... porque ele é tão lindo e adorável e legal e adorável e...

LOTTIE, FOCO!

Amanhã é o último dia antes do recesso escolar e eu realmente preciso falar com ele como uma pessoa totalmente normal, porque, se eu não fizer isso, demorará **NOVE DIAS** até que eu o veja outra vez.

SEXTA-FEIRA, 11 DE FEVEREIRO

Amber e Poppy continuam a ser **SUPERMEGA** simpáticas sempre que nós as vemos. Fico tentando convencer Molly de que elas são a encarnação do mal, mas está ficando cada vez mais difícil. Sério, você acredita que hoje no almoço elas nos deixaram entrar na frente delas na fila?

A desvantagem é que acabamos tendo que nos sentar com elas também.

— **MINHA NOSSA, LOTTIE!** Não posso acreditar que JÁ chegamos ao recesso! Quer dizer, parece que MAL tivemos a chance de conversar. Vamos sentir **TANTO** sua falta! — disse Amber.

E eu respondi:

— **NOSSA**, sim, é uma loucura que mal tenhamos conversado, já que somos **TÃO AMIGAS!** Eu literalmente estou indo para casa para chorar por, tipo, **UMA SEMANA**.

Bom, isso era o que eu queria dizer, mas em vez disso o que saiu foi:

— Ahn... sim... é.

— Então, estávamos pensando… — começou Poppy.

— Parece perigoso — retrucou Jess.

Eu ri, mas Poppy não notou a alfinetada e continuou:

— Vamos sair juntas durante o recesso! Podemos ir ao shopping e depois tomar algo no Starbucks!

— Sim — concordou Amber. — Será como nos velhos tempos.

Como nos velhos tempos?! Que exagero! Só fomos ao Starbucks com elas uma vez. E elas se esqueceram completamente de que tentaram colocar eu e Jess uma contra a outra e depois deixaram de ser minhas "amigas"?!

— Parece divertido! Eu topo — disse Molly.

Antes que eu tivesse a chance de dizer algo, meu radar Daniel apitou.

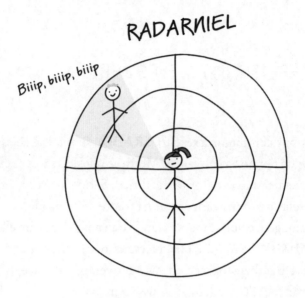

Com certeza lá estava o Daniel, vindo em nossa direção. Mas embora eu o tivesse visto, não queria que ele *soubesse* que eu o havia visto.

Faz sentido??

De repente eu me tornei muito consciente de todo o meu corpo e não sabia o que fazer com isso. O que você deve fazer com as mãos quando é uma garota divertida, despreocupada e está se divertindo despreocupadamente com suas amigas?!

Eu rapidamente peguei meu pacote de salgadinho com uma mão e minha latinha de refrigerante com a outra, apenas para fazer alguma coisa com elas. Eu não confiava nelas soltas. Eu temia que elas pudessem começar a se mexer sem motivo aparente.

Irritantemente, nesse momento, todo mundo decidiu ficar em silêncio. Eu não queria que Daniel nos visse sentadas ali como um bando de pessoas chatas e caladas, então comecei minhas tentativas (fracassadas) de uma conversa casual.

— Alguém aqui tem alguma dica boa de… ahn… como tirar manchas de ketchup do uniforme?

Do que eu estava falando?! Estava parecendo minha mãe.

— Você está bem, Lottie? — perguntou Molly, lançando-me um olhar confuso.

— Sim… sim… estou ótima.

Mais silêncio.

Tentei outra vez…

— Imaginem se as casas fossem feitas de queijo. Seria difícil não querer comer elas inteiras, não é?

Todas começaram a me olhar de maneira estranha. Pessoalmente, pensei que era um bom tópico de conversa e gostaria de voltar a ele mais tarde.

— Lottie… não olhe agora, mas Daniel está ali — disse Jess.

Eu a encarei com firmeza, como se dissesse: **DUH! SIM, EU SEI DISSO, É POR ISSO QUE FIQUEI TÃO ESTRANHA!**

— Na verdade, acho que ele está vindo para cá…

O silêncio aumentou ainda mais enquanto todas elas esperavam para ver o que aconteceria. Ou mais precisamente: o papel de idiota que eu estava prestes a fazer.

Vamos, pensei. *Ajudem essa garota aqui!*

Mais silêncio.

AFF.

Se alguém não disser algo logo, posso ficar tentada a soltar meu **BENE CÊ** na conversa outra vez. (Acho que mesmo quando eu tiver cem anos de idade e estiver em um asilo, ainda vou ficar constrangida por causa disso.)

Não havia nada mais a fazer. Eu adotei uma tática de emergência e comecei a rir loucamente por nada.

— Isso é tão engraçado, Jess! — eu disse, assim que senti a presença de Daniel por cima do ombro.

— Oi, Lottie — ele disse. — O que é tão engraçado?

— Ah, nós estávamos rindo de como... como... ahn, como...

— Estávamos rindo de como a Lottie fica estranha perto dos garotos de quem ela gosta — respondeu Amber.

Eu não podia acreditar que ela tinha dito isso!

— Ah, sim — disse Daniel, corando. — Enfim, só vim aqui para desejar um bom recesso. Talvez eu te veja por aí?

O que eu deveria ter dito era algo do tipo:

— Claro, seria ótimo!

Mas minha boca respondeu:

— Ah, sim... bom... eu tô, tipo, superocupada e tal... obviamente... mas talvez... é...

— Beleza. Até mais, então — disse ele, parecendo um pouco rejeitado antes de ir embora.

— Lottie, amiga. Não sabia que você fazia bico de freezer, porque você deu o maior **GELO** nele — disse Jess.

Nossa. Por que sou tão idiota?! Será que eu estraguei tudo?

SÁBADO, 12 DE FEVEREIRO

8h42

Sério, é o primeiro dia do recesso e sou acordada pela mamãe batendo na minha porta.

— Lottie! Me desculpe por acordar você, amor, mas a Bella está muito agitada. Você pode tentar cantar para ela?

Então, essa é minha vida agora. Eu inventei uma música excelente para fazer a Bella ficar calada e agora vou ter que cantar para ela pela eternidade. Talvez eu deva cobrar a mamãe? Quanto você acha que eu consigo? Dois reais por música? Cinco se a mamãe estiver desesperada?

12h43

Embora eu saiba que o Dia dos Namorados é apenas uma data comercial, não pude deixar de pensar que talvez fosse a solução para todos os meus problemas.

Veja, se eu não consigo falar com o Daniel para lhe dizer como eu me sinto, que tal mandar um cartão em vez disso? Talvez isso compense a torta de climão que eu causei ontem também!

Não posso comprar um cartão nas lojas, pois eles são MUITO melosos e sentimentais, mas posso desenhar um... É uma ideia muito constrangedora ou não?! Vai ser uma vergonha total ou ele vai achar legal? Aff, eu não sei.

Ok, eu desenhei uma coisinha para o Daniel... O que você acha? Devo entregar para ele?

Fiquei muito satisfeita, para ser honesta. Ainda mais porque equilibrei legume e doce, o que eu acho muito saudável. Se eu como ou não legumes, isso não importa. Eu só sei que tomate rima com chocolate, então isso é o melhor que eu posso fazer.

Dentro eu escrevi:

DA SUA ADMIRADORA SECRETA, BJS

Escrevi em letras maiúsculas para que ele não adivinhasse minha caligrafia, o que provavelmente não tem sentido já que meu apelido foi KitKat Chunky por grande parte do primeiro semestre, mas enfim.

Agora eu preciso descobrir como entregar o cartão a ele. Eu já vi o Daniel caminhando para casa antes, então sei em qual rua ele mora, mas não sei o número.

Lottie, a superdetetive, precisa botar a cabeça para funcionar.

DOMINGO, 13 DE FEVEREIRO

Jess veio aqui em casa e pensamos em uma solução! Ela conhece um garoto chamado Liam que vive na rua do Daniel (sua mãe é uma velha amiga da mãe dele e ele também estuda na Kingswood High), então decidimos mandar uma mensagem para ele para conseguir secretamente os detalhes que precisávamos...

JESS: Ei, Liam, espero que você esteja bem. Estava me perguntando se você sabe o número da casa do Daniel? Eu preciso pegar emprestado um livro dele para minha tarefa de alemão...

LIAM: Oi, Jess, você está bem?! A tarefa é só para o final da semana... e você odeia alemão!

JESS: *AU CONTRAIRE*, LIAM. *J'ADORE* ALEMÃO! 😊

LIAM: Ahn... isso é francês...

JESS: Ahn, é... é por isso que eu preciso fazer a lição, duh! Então, você vai me dizer onde ele mora ou não?

LIAM: *Daniel lebt bei number achtundsiebzig.*

JESS: O QUÊ?!

LIAM: 78 😟

JESS: *Danke, Herr Liam. Du bist ein entzückender Kätzchen!*

LIAM: "Obrigada, Sr. Liam. Você é um gatinho adorável?!"

JESS: Sim. É exatamente isso o que eu queria dizer.

LIAM: Você está flertando comigo?!

JESS: Eu não sei... estou!?!

LIAM: Du möchtest mit mir auf ein Date gehen?

    Nenhuma de nós tinha a menor ideia do que aquilo significava, então eu rapidamente traduzi no Google.

— MEU DEUS!!!!!!!! Jess, ele está chamando você para um encontro!!!!!

— O QUÊ!!!!!!! POR QUÊ?!

— Talvez porque você o chamou de gatinho adorável?!

— Ah, sim.

— Então... você gosta dele?

— Não tanto quanto gosto de gatinhos adoráveis...

— O que a gente faz agora então?

— Ahn... jogar meu celular pela janela?

— Ótima ideia!

(Escutem, crianças... jogar seu celular pela janela *parece* uma boa ideia na hora, MAS é muito provável que cause danos irreparáveis a ele e problemas com seus pais; especialmente se você for como a Jess e tiver quebrado a tela do seu celular quatro vezes nos últimos doze meses.)

Enfim, o lado bom é que sabemos onde Daniel mora — UHUL. Jess e Molly concordaram em me encontrar amanhã cedo às 7 da manhã para a Operação Lottie Dá a Daniel um Cartão de Dia dos Namorados (**vulgo Operação LDDCDN**).

Eu estava muito assustada para ir sozinha, pois não queria correr o risco de ser vista e descoberta. Então, o plano é colocar roupas esportivas e se alguém nos vir, diremos que estamos saindo para uma corrida matinal. Isso não é inteligente? Aha!

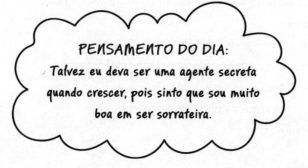

SEGUNDA-FEIRA, 14 DE FEVEREIRO

(6h45)

Acho que nunca acordei tão cedo por vontade própria. Já vesti minha roupa esportiva. Para ser honesta, acho que combina comigo, então talvez eu comece a praticar esportes depois disso.

Eu li que era uma boa ideia borrifar cartões de Dia dos Namorados secretos com uma fragrância, já que cheiros são altamente emotivos e podem fazer com que os sentimentos fiquem mais aguçados. Ou algo assim. Então fui ao banheiro tentar encontrar o perfume da mamãe. Infelizmente, estava muito escuro, então me atrapalhei e borrifei o cartão com o que pensei ser o Chanel Nº5 chique da mamãe.

QUE ERRO.

Imediatamente após apertar o borrifador, senti um cheiro familiar (não no bom sentido) e percebi o meu erro.

Não era o Chanel Nº5; era um bloqueador de odores — um spray que mamãe comprou para o papai para ajudá-lo a disfarçar o odor tóxico de suas sessões de evacuação de 45 minutos. Quer dizer, sério, por que os pais demoram tanto para fazer cocô?!

O que eles fazem por tanto tempo?! Como os cocôs deles fazem a casa toda feder por três horas?!

Ainda assim, não tinha tempo para fazer nada a respeito disso. Eu só tinha que torcer para o pai do Daniel não ser fã de bloqueadores de odor porque não queria que ele abrisse o cartão e se lembrasse imediatamente dos números dois de seu pai.

Certo, tenho que correr! As garotas chegaram. Desejem-nos sorte!

Operação LDDCDN está completa!

Estava tudo muito silencioso e ninguém nos viu. Ufa. Parecíamos apenas corredoras/ninjas mega saudáveis desfrutando de uma corrida matinal. Molly conseguiu colocar o cartão na caixa de correio de Daniel super-rápido e, quando viramos a esquina da rua dele, paramos de correr porque percebemos que correr é **DIFÍCIL**.

Cheguei em casa e mamãe disse:

— Muito bem, Lottie. Acho adorável ver você acordando cedo para se exercitar, que grande exemplo você está nos dando.

Eu disse:

— Certo, sim, bom. Eu tentei, mas acontece que correr é, na verdade, um pouco, não sei, chato... então talvez eu desista.

Então papai desceu as escadas e começou a tocar canções de amor melosas e dançar na cozinha com mamãe e Bella.

Eu me sentei na mesa e aguardei o seu habitual discurso de: "Oooooh, Lottie! Um cartão misterioso chegou para você; e eu me pergunto de quem será?!" Sério, é constrangedor, mas *TODO* ano papai me dá um cartão e *TODO* ano eu tenho que fingir que não faço ideia de quem foi que mandou.

Então fique lá sentada esperando... e esperando... e esperando...

Logo, perdi minha paciência e disse:

— Você vai me entregar o cartão misterioso agora ou não?!

Ele pareceu chocado, depois assustado e então culpado. Eu não podia acreditar que **ELE TINHA SE ESQUECIDO!!!**

Eu me senti vazia, para ser honesta. Eu sei que é bobo, mas não tinha percebido o quanto aquele cartão significava para mim. Este é apenas outro exemplo de como estou me tornando marginalizada nesta família.

Para lhe dar um pouco de crédito, papai fez algumas panquecas deliciosas em formato de coração com morangos e creme, mas será preciso mais do que isso para se redimir!

9h20

Não tive sinal do Daniel. Com certeza, a essa altura, ele já recebeu o cartão??

10h24

Acho que ele ainda pode estar dormindo...

> **10h34**

Ele já deve estar acordado agora?? Por que não mandou mensagem????

> **10h44**

Talvez ele esteja doente? Talvez esteja no hospital? Talvez tenha quebrado a perna caindo da escada? Talvez tenha sido mordido por uma cobra venenosa? Talvez tenha sido atacado por um tubarão? Talvez ele esteja morto!

> **10h48**

É fevereiro, então duvido que ele tenha ido nadar em mar aberto e, de qualquer forma, não acho que haja tubarões devoradores de pessoas em Brighton.

> **10h51**

Acabei de pesquisar e descobrir que você tem mais chance de ser morto por uma vaca, um cortador de grama ou por uma máquina de vendas automática do que por um tubarão. Eu não sabia que máquinas de vendas automáticas eram tão cruéis!

11h01

Ele provavelmente ainda está dormindo.

11h23

Se ele ainda estiver dormindo, então está desperdiçando um dia extremamente lindo!
    Oh, Deus, parece que tenho 40 anos.

11h44

Ele já deve estar acordado agora. É quase hora do almoço, pelo amor de Deus!

12h01

Papai chegou em casa carregando um envelope vermelho! Meu coração parou, gerei uma pequena esperança de que fosse do Daniel...

Não era do Daniel.

Era um cartão muito atrasado e muito inapropriado que meu pai obviamente correu para comprar na lojinha da esquina.

Agora estou ainda **MAIS IRRITADA** com ele!

Aff. É patético que o único cartão que ganhei de Dia dos Namorados seja do meu próprio pai. Eu me pergunto como seria ganhar um cartão de verdade... Provavelmente nunca vou descobrir...

12h32

AI.
MEU.
DEUS.
O que eu fiz?

Acabei de perceber que mandei para o garoto de quem eu gosto um cartão estúpido dizendo que eu gosto mais dele do que de KitKat Chunky! Que tipo de pessoa faz isso?!

Uma completa idiota com marshmallows no lugar de cérebro, isso sim!

12h55

Mandei mensagem para as garotas.

EU: POR QUE VOCÊS ME DEIXARAM ENVIAR AQUELE CARTÃO ESTÚPIDO?!?! POR QUÊ?!!

MOLLY: Lottie, relaxa. Você pode fingir que não foi você.

JESS: Sim, quer dizer, como ele poderia saber?

EU: Bom… eu meio que escrevi um poema na capa.

MOLLY: Ok... O que dizia o poema?!

EU: Não sei se quero contar...

JESS: Vamos, Lottie. Como podemos ajudar se não sabemos o que você escreveu?

EU: Ele dizia: *Rosas são vermelhas, iguais a um tomate...* Eu REALMENTE não quero contar o resto.

MOLLY: Por quê? Até agora está indo bem. Quer dizer, é um pouco estranho porque existem tomates de outra cor. Mas ele definitivamente não saberia que é você com base nisso.

JESS: Sim, ele poderia pensar que era de alguém saudável?

EU: Ahn, obrigada. A segunda metade é um pouco... ahn... na verdade, é bem pior.

MOLLY: Continue...

JESS: Estamos esperando...

EU: Ai, Deus. Ok. Ele dizia... *Rosas são vermelhas, iguais a um tomate. Gosto mais de você do que de chocolate!* 😬

MOLLY: POR QUE VOCÊ NÃO NOS CONTOU ISSO ANTES DE ENTREGAR O CARTÃO?????

EU: É tão ruim assim?!

JESS: É ruim, mas também MUITO engraçado

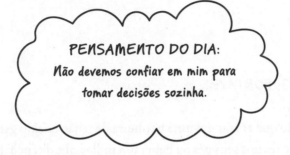

13h45

Amber postou uma foto no Instagram de si mesma com sete cartões de Dia dos Namorados.
    SETE!

48 curtidas
Minha nossa – 7 cartões!!! 😳
#Garotadesorte #Chocada
#Quemsãomeusadmiradores?

Em comparação tenho UM cartão inapropriado de um membro da minha própria família. ARGH. Não que eu esteja com inveja ou algo assim.

Ainda não tive notícias do Daniel... gostaria que ele acabasse com o meu sofrimento, mesmo que fosse apenas para dizer que não gosta de mim.

16h22

ISSO É INSUPORTÁVEL.

É pior do que entrar em uma banheira de feijão cozido gelado ou receber mil injeções nos seus pés ou beber um milkshake de cocô de elefante ou ter que passar o dia TODO fazendo questões muito difíceis de álgebra sem uma pausa para ir ao banheiro ou ATÉ MESMO ficar presa em um armário cheio de aranhas, e as aranhas são muito más e mordem, e também tem uma caixa de som tocando *Então é Natal* sem parar embora seja fevereiro, e seu celular está sem bateria e você nem pode jogar Roblox para passar o tempo no armário de aranhas que mordem. Ou usar o celular para pedir a alguém que lhe deixe sair (o que seria um uso melhor do telefone se ele tivesse bateria).

Não consigo pensar em mais nenhum exemplo, mas confie em mim: É MUITO RUIM, OK.

Leitores, que isso sirva de lição para vocês: se você se sentirem tentados a enviar um cartão de Dia dos Namorados para o(a) garoto(a) de quem vocês realmente gostam e incluírem um poema MUITO ruim que deixa óbvio que ele veio de você, NÃO FAÇAM ISSO.

18h34

Não há dúvidas: ele já deve ter recebido meu cartão da VERGONHA e preferiu ignorar totalmente porque é constrangedor DEMAIS e ele se sente MUITO envergonhado. Que tonta que eu fui.

Por favor, chão, faça um buraco e me engula!

19h45

Não, espere um minuto. Eu sou uma GAROTA FORTE E INDEPEN-DENTE e, se eu quiser mandar um cartão para um garoto de quem eu gosto, então eu vou mandar. E se ele decidir me ignorar, então é problema DELE. Não meu.

Obrigada e boa noite!

> PENSAMENTO DO DIA:
> Mas você acha que ele recebeu o cartão? Talvez tenha sido comido pelo cachorro? Ele tem um cachorro? Os cachorros comem cartões de Dia dos Namorados? AFF.

TERÇA-FEIRA, 15 DE FEVEREIRO

Tive um pesadelo.

Acordei toda quente e suada.
Como eu vou sobreviver a isso? Como?!

Criei um plano excelente. Não vou sair de casa pelo resto do recesso. Na verdade, talvez eu não saia de casa pelo resto da minha vida.

Fiz um forte com cobertores como eu costumava fazer quando tinha três anos de idade. É muito bom, na verdade. O que você acha?

Posso ficar aqui para sempre. Tenho tudo o que eu preciso.

Permitirei que minha família me visite ocasionalmente e Molly e Jess podem fazer chamadas de vídeo se quiserem. Mas é isso. Não aceitarei outros visitantes. É muito mais seguro estar em um ambiente pequeno, fechado e coberto onde não posso falar com ninguém. Se as pessoas não conseguirem entender isso, então é problema delas.

Mamãe pode trazer minhas refeições em uma bandeja... isso se eu conseguir comer algo, o que é improvável, já que estou com o coração tão partido que não sinto mais fome... só sinto dor.

A pior coisa é que, ao fazer esse cartão idiota, eu provavelmente condenei os chocolates para sempre. Como posso ter sido tão estúpida????

Alarme falso. Deixei rapidamente o meu Forte da Vergonha para pegar um chocolate na cozinha e ele ainda estava delicioso, essa é uma boa notícia.

15h45

MEU DEUS MEU DEUS MEU DEUS!!!
REVIRAVOLTA!!!!!!!!!!!

Você não vai acreditar no que aconteceu. Estou praticamente hiperventilando enquanto escrevo isso.

Na verdade, espere um momento. Preciso de cinco segundos para me recompor. Já volto.

Respire, Lottie, respire.

15h53

Certo. Parece que o Daniel não recebeu meu cartão!

Você provavelmente acha que isso é uma coisa boa, não é? Bom, é, e não é.

Porque o cartão de alguma maneira acabou com outro Daniel... Daniel do Sétimo Azul para ser exata.

Obviamente quando Jess perguntou ao Liam onde o **VERDADEIRO** Daniel morava, ele deve ter pensado que ela se referia ao **OUTRO** Daniel.

Veja só, eles moram na mesma rua. Quais as chances?? Deve ser algo como uma em um bilhão ter duas pessoas com o mesmo nome na mesma rua!

Tá bem, um pouco menos que isso, tanto faz, você me entendeu.

Eu sei o que você está pensando... como eu sei de tudo isso?

Bom, **OUTRO** Daniel postou uma foto do cartão no Instagram. Ele tem um perfil fechado, mas Amber me mandou uma captura de tela.

Essa é a legenda:

Cartão de Dia dos Namorados épico! HAHA! Alguém sabe quem está afim de DAN, O CARA?!?

Adivinhe de quem era o primeiro comentário??

Sim, da minha grande amiga Amber:

"Parece um cartão da Lottie B!" E ela ainda me marcou. **CONSTRANGEDOR!**
Então, há lados positivos e negativos nisso tudo...

POSITIVOS:

1. O Daniel não recebeu meu cartão extremamente vergonhoso! **UM GRANDE BÔNUS.**

2. Portanto, o **VERDADEIRO** Daniel não sabe que eu gosto dele. Ufa (porém, ver também pontos negativos nº 3).

NEGATIVOS:

1. Eu acidentalmente declarei meu amor por um garoto com quem **EU NUNCA CONVERSEI.**

2. Graças a boca grande de Amber, logo, logo a escola **INTEIRA** ficará sabendo disso.

3. Se ele ainda não viu, não vai demorar muito até que o **VERDADEI-RO** Daniel saiba, e ele pensará que eu gosto do **OUTRO** Daniel.

4. O garoto por quem estou supostamente apaixonada se chama de Dan, O Cara.

5. Acho que preciso repetir isso: ele se chamada de **DAN, O CARA.**

6. Eu me cortei feio com papel hoje. Não tem nada a ver, mas vale a pena mencionar porque doeu.

QUARTA-FEIRA, 16 DE FEVEREIRO

10h44

AMBER: Bom dia, miga. Espero que você não se importe, mas passei seu telefone para o Dan... Ele parece bem interessado HAHA. Nunca imaginei que você gostava do Dan, o Cara 😂

MEU DEUS. Eu poderia matá-la!
Três minutos depois eu recebi uma mensagem de DC (Dan, o Cara).

DAN, O CARA: Quer compartilhar um KitKat Chunky algum dia desses? 🙂

Não consigo nem me lembrar da existência dessa pessoa, então eu acho muito difícil saber se eu dividiria um KitKat Chunky com ele, mas, como é meu chocolate favorito do mundo *TODO*, eu diria que tem 99,9% de chance de ser um firme *NÃO*.

Huuuum. O que eu faço? Digo que o cartão não foi para ele? Se eu fizer isso, então todo mundo vai descobrir que, na verdade, eu queria mandar o cartão para o *MEU* Daniel. Bom, não é *MEU* Daniel obviamente... *MAS* também não quero que ele pense que o cartão constrangedor foi para ele.

Isso seria pior ou melhor?! *AFF, EU NÃO SEI*.

Parece que terei que ficar me escondendo no Forte da Vergonha por um pouco mais de tempo.

(19h11)

Tudo está saindo freneticamente de controle!

Pelo visto, eu e Dan agora estamos oficialmente SAINDO. Não importa que eu não saiba quem ele é, ninguém está preocupado com esses detalhes!

Quer dizer, eu poderia ter passado por ele na rua sem nem perceber. Tudo o que eu tenho é essa foto minúscula do perfil do Instagram, mas, mesmo assim é difícil ver como ele é, e por alguma razão, ele parece estar usando um chapéu de emoji de cocô (o que é um pouco desagradável, para falar a verdade).

Ele também pediu para me seguir no Instagram, mas não quero aceitar caso isso encoraje essa ideia bizarra dele de que sou sua namorada...

No entanto, acho que ele pode acabar sendo incrivelmente LINDO e isso seria bom, certo?

> **PENSAMENTO DO DIA:**
> Se eu simplesmente ignorar o problema, ele desaparecerá magicamente quando voltarmos para a escola? Eu mesma vou responder. Sim, desaparecerá. Fabuloso! Tudo resolvido então.

QUINTA-FEIRA, 17 DE FEVEREIRO

Eu **NÃO POSSO** acreditar. Amber ressuscitou o grupo das Rainhas do Sétimo Verde e adicionou Molly. Por quê?! Ela não se lembra que ARdSV teve uma morte horrível no ano passado quando **ELA** me causou muitos problemas com suas **MENTIRAS** e **INTRIGAS**. Como ela ousa!

> **AMBER**: MEU DEUS, GAROTAS!!!! Já faz TANTO tempo! Sei que tivemos alguns mal-entendidos no ano passado, mas seria ótimo esquecer tudo isso. Então, eu estava pensando se vocês não gostariam de vir aqui em casa amanhã? Podemos apenas relaxar e conversar, isso seria TÃO divertido! Bjos

Ah, tá. Seria tão divertido quanto arrancar um dente, se o dentista fosse um gorila usando uma marreta!

Enfim, olhei para a mensagem incrédula e imediatamente mandei mensagem para Molly e Jess.

EU: AAHHHNN, POR QUE DIABOS IRÍAMOS PARA A CASA DELA?!?

JESS: Parece um pouco suspeito, não? O que ela está tramando?

MOLLY: Bom… talvez ela realmente esteja arrependida? Deve ter sido difícil pedir desculpas e ela tem sido tão gentil e amigável comigo desde que entrei na Kingswood. O que vocês acham de dar outra chance para ela?

O QUÊ?!?!?!

JESS: Acho que Molly tem razão, ela tem sido muito mais legal ultimamente… Além disso, sem ser fútil, mas ouvi dizer que ela mora em uma daquelas casas imensas em frente ao mar e que seus pais são MUITO RICOS…

O QUÊ?!?!?!

Será que eu era a única que conseguia ver o que estava acontecendo aqui? Minhas duas amigas estavam sendo completamente trapaceadas.

Eu não ia cair nessa, mas também não queria ser a pessoa que causa problemas. Eu precisava ser madura e considerar dar outra chance para ela (e, sim… para ser totalmente honesta, estava um pouco curiosa para conhecer sua casa enorme).

EU: Ok, quer dizer, acho que podemos passar um tempinho lá, mas se elas começarem a ficar irritantes, precisamos de um sinal secreto para que possamos ir embora, tá bem? Talvez eu puxe o lóbulo da orelha três vezes.

JESS: Combinado!

MOLLY: Supercombinado!

SEXTA-FEIRA, 18 DE FEVEREIRO

9h23

Experimentei três roupas diferentes, mas todas ficaram horríveis.

Gritei para minha mãe:

— **NÃO TENHO NADA PARA USAR!!!!!!!!!!!!!!**

Ela gritou de volta:

— Você tem várias roupas para usar, Lottie!

— Não, não tenho. Eu não tenho **LITERALMENTE NADA** para usar.

— Você precisa procurar o significado da palavra 'literalmente', porque se você a interpretar em seu sentido real, então você não teria nenhum item de roupa e, portanto, estaria andando por aí completamente nua.

Por que os pais sempre têm que ser tão irritantes?!

— **TÁ BEM! EU LITERALMENTE NÃO TENHO NADA DE LEGAL PARA USAR!**

— **VOCÊS PODEM PARAR DE GRITAR PELA CASA, POR FAVOR?** — pediu papai.

Embora ele também estivesse gritando pela casa.

Decidi por uma escolha inofensiva de jeans, tênis, camiseta e uma jaqueta preta.

Fiz uma nota mental para furar minhas orelhas. Uma maneira legal de fazer um look chato parecer um pouco mais ousado. Eu só precisava superar minha fobia de agulhas primeiro.

18h23

Você não acreditaria se eu te contasse da casa da Amber!

Primeiro, pense na casa mais bonita que você já viu… está com a imagem na cabeça? Certo, agora multiplique isso por dez. Não, espere, multiplique por 100! Talvez agora você tenha algo próximo à casa da Amber.

Basicamente, é **ENORME**! Além disso, é superchique. Seu pai tem um Porsche na garagem. Insano, não? Eu nunca conheci alguém que tivesse um carro esportivo. Temos um Ford Focus assim como 95% da população.

Ela estava sozinha em casa quando chegamos. Aparentemente seus pais trabalham muitas horas para um tipo de banco, então muitas vezes não estão por perto. Amber disse que uma grande vantagem de ter pais que trabalham por longas horas é que eles compram muitas roupas e maquiagem porque se sentem culpados por não estarem por lá. Eu gostaria que minha mãe e meu pai trabalhassem mais horas. Minha casa é tão barulhenta que mal consigo pensar.

Amber nos contou que, quando era menor, costumava ter babás que moravam na casa, mas depois que a última foi embora, seus pais decidiram que ela tinha idade suficiente para ficar sozinha, então não arranjaram uma substituta. Durante o recesso, Amber tem a casa só para ela, o que é ótimo porque pode fazer o que quiser, sempre que quiser. É incrível.

Primeiro, ela nos mostrou a casa e todas nós ficamos: "**Ohhhh**" e "**uaaaau**", o tempo todo. A cozinha é toda branca e brilhante, e a geladeira é uma daquelas enormes que você vê em programas de celebridades com um *dispenser* de gelo na frente. Ela tem, preste atenção, uma sala que chama de "a salinha", mas, na verdade, é uma sala de cinema com uma tela imensa e grandes poltronas e pufes.

Em seguida, fomos ao andar de cima, e Amber nos mostrou seu quarto. Ela tem uma cama gigante! Não era nem uma cama de casal, mas uma king-size; imagine ter uma cama king-size aos onze anos! Insano.

Tudo é tãããããão estiloso com muito cinza, rosa e veludo. Uma parede inteira do quarto é um guarda-roupa e tem também uma penteadeira cheia de perfumes e sprays corporais. Seria impossível para ela borrifar acidentalmente um cartão de Dia dos Namorados para o garoto de quem ela gosta com o bloqueador de odores do seu pai.

O tour do quarto não acabou por ali porque ela tem seu próprio banheiro, com uma banheira vitoriana daquelas que vemos em filmes e revistas. Além disso, tem um box com chuveiro e as toalhas rosas mais fofas que você já viu!

Não vou mentir. Fiquei com muita inveja. Era difícil não sentir isso. Fiquei me lembrando das vezes que ela visitou minha casa e me senti envergonhada. Eu me pergunto o que ela achou... minha cama de solteiro com lençóis de unicórnio, as coisas do Justin Bieber por toda parte, a comida dos hamsters e serragem espalhados pelo carpete bege surrado.

Também tenho que dividir um banheiro com a família toda! É cheio de brinquedo de criança, sabonete líquido e espuma de banho que muda de cor. Não é nem um pouco relaxante. Se eu tivesse uma banheira como a de Amber, eu provavelmente ficaria mergulhada por horas, mas costumo usar o chuveiro porque é mais rápido. Além disso, nem me fale da privada — como se as sessões de cocô do papai não fossem ruins o suficiente —, Toby nunca se lembra de levantar o assento, então nove em cada dez vezes, quando vou ao banheiro depois dele, a privada está coberta de xixi de garoto. Nojento!

Quando terminamos o tour, voltamos para a cozinha e Amber preparou para nós coquetéis em taças chiques, como as que existem em bares de hotéis. Ela colocou melancia batida na taça e depois completou com suco de abacaxi e *pink lemonade*. Em seguida, acrescentou rodelas de limão e aqueles mini guarda-chuvas como decoração. Estava **DELICIOSO**.

Tomei alguns goles e comecei a me sentir um pouco zonza e estranha. Depois tropecei no nada e derrubei o resto da minha bebida no chão...

Todas começaram a rir de mim porque, aparentemente, *mocktails* são drinques sem álcool. Que idiota!

Se eu fico zonza e atrapalhada desse jeito quando não estou bêbada, imagine como seria se eu estivesse alcoolizada! Estremeço só de pensar...

Em seguida, Poppy disse:

— Amber, podemos entrar no ofurô?

Eu, Jess e Molly ficamos:

— Ofurô? Mentira!

Nenhuma de nós estava com roupas de banho, mas Amber disse que tudo bem, porque poderia emprestar algumas roupas dela. Voltamos ao seu quarto e ela abriu uma gaveta repleta de biquínis e maiôs.

— Peguem o que quiserem! — disse ela, casualmente, e todas as garotas começaram a vasculhar sua coleção, escolhendo seus favoritos.

Escolhi um biquíni mais esportivo, com um top em vez de um daqueles triangulares com cordinha. Não me sinto muito confortável usando algo revelador.

Estava um pouco envergonhada de me trocar na frente das garotas. Mas Amber não parecia se importar, então me senti boba por sugerir que eu gostaria de trocar de roupa em particular. É totalmente injusto quando você pensa que eu sou a mais velha de todas nós, mas ainda tenho os menores seios. Mamãe diz: "Tudo acontece na hora certa", mas esse é apenas um daqueles ditados bobos que as pessoas usam quando não tem nada de útil para dizer.

Vesti o biquíni o mais rápido que pude, de frente para uma parede, e me lembrei de que ninguém mais estaria pensando na minha aparência. É tudo coisa da nossa cabeça, né?

Amber destampou o ofurô e ligou as bolhas. Não era nem um ofurô daqueles infláveis, mas um sofisticado com lugares de verdade e luzes cor-de-rosa e roxas. Aparentemente cabem oito pessoas, mas certa vez ela conseguiu colocar quinze amigos dentro.

Eu queria ter um ofurô e também queria ter quinze amigos para colocar ali!

Inevitavelmente, a conversa se voltou para o assunto que eu mais temia:

— Então, o que está acontecendo entre você e Dan, o Cara, Lottie? — perguntou Amber.

Ela estava tentando manter uma cara séria, mas não estava conseguindo.

Eu não podia negar que havia lhe enviado o cartão porque senão elas saberiam a verdade. Por isso respondi:

— Ah, nada. É mais uma piada do que qualquer outra coisa...

— Parece um pouco estranho, porque eu sempre achei que você gostava do Daniel e não do Dan — disse Poppy.

— Eu também — Amber concordou —, mas isso é bom, porque ouvi dizer que a Marnie está superafim do Daniel... e está planejando chamá-lo para sair...

Espero ter conseguido dar um sorriso falso, porque, por dentro, senti como se alguém tivesse atirado uma flecha no meu coração. Eu imagino que, se isso tivesse acontecido de verdade, a única coisa com a qual Amber se preocuparia era comigo sujando o ofurô.

Por que ela está sempre tentando dizer coisas que sabe que vão me machucar e como ela sempre consegue fazer isso de uma maneira que ninguém mais perceba?

De repente, comecei a me sentir deslocada, então decidi recorrer ao sinal secreto.

Jess notou logo de cara, mas Molly parecia completamente hipnotizada por Amber e Poppy. Eu devo ter puxado o lóbulo da minha orelha umas 27 vezes — praticamente o arranquei.

Acabamos indo embora sem ela e não pude deixar de ficar triste com isso. Estava claro que Amber estava mais interessada em impressionar Molly do que nós.

— Quer dizer, ela realmente tem uma casa incrível, mas isso não dá a ela o direito de rir das pessoas... — eu disse a Jess enquanto caminhávamos para casa.

— Sim, eu também acho... Mas talvez você tenha que pensar no porquê ela age dessa maneira... Ela provavelmente é muito solitária... não deve ser fácil ficar sozinha o tempo todo.

— Acho que você tem razão, mas isso não significa que está tudo bem ser má...

— Não, não significa. Mas isso faz com que eu a entenda um pouco melhor... Certo, vamos — disse ela, correndo pela rua. — Quem chegar por último fede igual as calças do Toby!

Eu ri e comecei a correr atrás dela, sabendo que nunca a alcançaria — eu tenho tanta sorte por ter uma amiga como ela, não importa como, ela sempre tenta ver o melhor nas pessoas.

Mais tarde, quando estava de novo com minha família muito comum na minha casa muito comum, contei à mamãe e papai que passei o dia bebendo *mocktails* em um ofurô. Também disse a eles que seria bom se pudessem trabalhar um pouco mais para nos proporcionar um estilo de vida melhor, no qual eu poderia ter minha própria banheira vitoriana e aproximadamente 83 tipos diferentes de roupas de banho.

Eu não acho que seja pedir muito, mas eles apenas riram. Que rude.

PENSAMENTO RECORRENTE DO DIA:
Sei que tecnicamente nada aconteceu entre Daniel e eu, mas achei que ele gostava de mim e eu REALMENTE gostava dele. Espero que essa história da Marnie de chamar o Daniel para sair seja fake news.

SÁBADO, 19 DE FEVEREIRO

Imagine a cena: a família toda sentada comendo o ensopado de carne que é a especialidade da mamãe. Nojento.

Toby anuncia do nada:

— Lottie tem um namorado.

— *O QUÊ*?! Não, não tenho! — eu disse.

— Sim, você tem. A irmã mais velha de Millie, Lucy, contou a ela... e ela contou para a Bethany, e Bethany contou pro Leo, e o Leo me contou!

Fiquei sem reação. O que estava acontecendo?! Até mesmo as escolas primárias locais pareciam saber sobre isso!

— Bom, não tem porque nos esconder isso, Lottie. São ótimas notícias. Qual o nome dele? — perguntou papai.

Fui incapaz de compreender o que estava acontecendo...

— Seu nome é *DAN*! — respondeu Toby, rindo.

— OH, Dan! Que nome adorável — disse mamãe.

— LOTTIE E DAN, SENTADOS NUMA ÁRVORE, N.A.M.O.R.A.N.D.O!

— Eu não tenho um namorado! Eu nunca nem conheci o Dan!

— Bom, se você nunca o conheceu, então como ele é seu namorado? — perguntou papai.

— Exatamente! Ele não é meu namorado! Ele só pensa que é por conta de um... ahn... erro administrativo...

— Um o quê?! — exclamou mamãe.

— É uma longa história.

Uma que eu **REALMENTE** não queria ter que explicar para minha família **INTEIRA**! Por que as pessoas não conseguem me entender?

PENSAMENTO DO DIA:
É muito cruel dar o fora em alguém por WhatsApp se você nem sequer o conheceu? E fazer isso por meio de uma dança no TikTok?

DOMINGO, 20 DE FEVEREIRO

(9h34)

Acordei me sentindo ansiosa com a ideia de voltar à escola amanhã e encarar Dan E Daniel. Eu precisava dos conselhos de alguém com mais experiências amorosas do que eu, então mandei mensagem para a minha vizinha super-ultra-mega legal, Liv. Ela tem 14 anos e já teve aproximadamente 137 namorados até agora — impressionante, não?

EU: SOCORRO! Eu acidentalmente arrumei um namorado que nunca conheci. O que eu faço?!

LIV: Ahn… como você acidentalmente arrumou um namorado? Você tropeçou e caiu em cima dele ou algo do tipo?!

EU: Não, mandei um cartão de Dia dos Namorados para ele… mas não era para ele. Era para outro garoto que também se chama Daniel… mas não posso contar isso para você, porque não quero que ele saiba que eu escrevi um poema declarando que gostava mais dele do que de um KitKat Chunky.

LIV: ?!?!? Como você consegue se meter em situações tão ridículas assim, Lottie?

EU: Eu sinceramente não sei. O que eu faço?

LIV: Bom, em primeiro lugar... esse novo Daniel é um cara legal?

EU: Duvido que seja tão legal quanto um KitKat Chunky...

LIV: Nenhum garoto é tão legal quanto chocolate, isso é cientificamente impossível. Porém, dê uma chance... ele pode ser lindo! Mas se você não gosta dele dessa maneira, então diga de uma vez. Meu conselho é que você faça isso rapidamente, como se arrancasse um band-aid.

EU: Ok, obrigada, Liv. Deseje-me sorte!

LIV: Boa sorte. Bjos

15h11

DAN: Ei, meu bem. Quer almoçar comigo amanhã? Bjos

Meu bem? MEU BEM?!?! Por que ele está me chamando de meu bem???

Tenho um péssimo pressentimento sobre isso, mas preciso terminar com ele o mais rápido possível, por isso respondi dizendo:

EU: Ok. Te vejo no ginásio às 12h15.

Eu me senti um pouco mal por não adicionar *Bjos*, já que ele me mandou beijos, mas eu realmente não queria demonstrar algo que não era. Melhor manter as coisas profissionais.

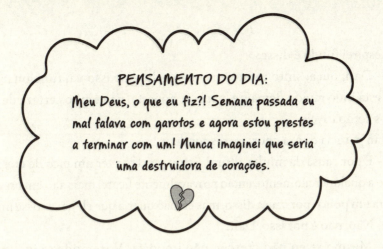

SEGUNDA-FEIRA, 21 DE FEVEREIRO

Hoje conheci "meu namorado" pela primeira vez.

Tudo o que eu sabia sobre ele é que ele tinha cabelos castanhos (o que descreve cerca de oitenta por cento dos garotos da escola), então eu estava com muito medo de aparecer e não saber quem ele era. Porém, imaginei que ele era bem alto, por causa do seu apelido.

Por sorte, ele sabia como eu era, então, depois de ficar parada ali como um donut por alguns minutos, senti alguém puxar o meu blazer. E esse foi o primeiro vislumbre que tive de Dan.

Eu tive que olhar para baixo porque ele só alcançava meu ombro! Fiquei imediatamente confusa...

Respirei fundo e disse:

— Dan, ouça, sinto muito, mas não acho que isso vai funcionar... tudo está indo rápido demais e, para ser honesta, não tenho certeza de se somos compatíveis.

Dan parecia que ia chorar e respondeu:

— É por causa da minha altura? Estou prestes a ter um pico de crescimento a qualquer momento, então provavelmente ficarei mais alto em breve.

Era um pouco por causa disso, mas eu não queria que ele se sentisse mal.

— Não, não é por isso, Dan.

— Mesmo se eu não crescer, não importa. Você pode se inclinar quando nos beijarmos ou eu poderia ficar em cima de um muro ou de uma cadeira. Minha mãe tem um daqueles banquinhos portáteis com pernas dobráveis que ela usa para pegar coisas no armário mais alto da cozinha, eu poderia levá-lo comigo nos encontros?

NÃO!!!

Isso não estava indo nada bem.

Não queria pensar em Dan, o Cara, me beijando. E, com certeza, não queria pensar em Dan, o Cara, fazendo biquinho para me beijar enquanto usa o banquinho de cozinha da sua mãe.

Além disso, o que a mãe de Dan, o Cara, faria se eu e ele saíssemos para um encontro (com o banquinho) e ela precisasse com urgência de uma lata de feijão do armário mais alto? Talvez eles tivessem que fazer um rodízio ou algo assim?

Então pensei **LOTTIE, FOCO!** *Ninguém precisa com urgência de uma lata de feijão de um armário alto.*

Enfim... voltando à história...

Eu percebi que isso seria muito mais difícil do que eu imaginava. Eu precisava fazer com que ele parasse de falar, precisava contar a ele que estávamos **TERMINANDO**.

Lembrei do que Liv disse: eu tinha que ser direta com ele.

— Dan, ouça. Não é sua altura, eu juro. Infelizmente, eu meio que gosto de outra pessoa...

Então o pior aconteceu: ele começou a chorar. Eu estava mortificada... Eu só disse cerca de três frases para ele. Por que ele estava chorando?!

— Me desculpe por ficar emotivo. É que eu realmente gosto de você, Lottie — disse ele, entre soluços.

— Eu também gosto de você. Mas o momento não é dos melhores. Talvez daqui alguns anos, quando você estiver mais alto. **QUER DIZER, MAIS VELHO...**

Isso não ajudou, então eu relutantemente ofereci a ele meu pacote de salgadinho. O que pareceu amenizar um pouco o golpe...

Para ele, pelo menos. Eu queria muito comer aquele salgadinho.

Quando fui me encontrar com as garotas, cruzei o olhar com o **VERDADEIRO** Daniel. Ele baixou o olhar rapidamente, mas eu sei que deve ter visto Dan, o Cara, e eu juntos.

Eu realmente queria explicar a ele que não havia nada acontecendo entre nós, e que, na verdade, eu estava terminando com Dan, o Cara. Mas como faço isso quando não consigo formar frases ao redor dele?

(10h34)

Aff. Acho que não vou conseguir dormir essa noite. Toda vez que fecho meus olhos, eu vejo Dan, o Cara, de pé no banquinho portátil da sua mãe fazendo biquinho para mim.

TERÇA-FEIRA, 22 DE FEVEREIRO

Hoje, na escola, as pessoas continuavam vindo até mim para dizer como sentiam muito por mim e Dan, o Cara — pelo amor de Deus, estávamos "saindo" há apenas uma semana.

E não ajudou o fato dele estar na cantina fazendo uma cena na hora do almoço, chorando em cima da sua lasanha e de suas batatas fritas. Acho que me livrei de uma boa. Imagine o que ele teria feito se fôssemos namorados de verdade!

Sempre que eu vejo o Daniel, ele desvia o olhar e me evita. Ele deve achar que eu realmente gosto/gostei de Dan, o Cara, mas ele entendeu tudo errado e eu não tenho ideia de como consertar isso.

Por sorte, a maioria das pessoas parece estar mais interessada em discutir sobre a peça de teatro, porque as audições são em dois dias. AI!

Cerca de 50% das garotas dos sétimos e oitavos anos vão tentar o papel de Ariel. Vai ser um banho de sangue, já te digo. Amber parece pensar que já é dela, e Molly está fingindo tranquilidade, mas posso ver que também está determinada a conseguir o papel.

Sei que é cruel, mas eu realmente, realmente espero que Amber não consiga esse papel. Não vou conseguir suportá-la se sentindo a maioral sobre tudo isso.

Jess, como sempre, está superdespreocupada com a situação toda e feliz em interpretar qualquer papel que receber. Porém, secretamente, acho que ela está esperando conseguir o do Linguado, pois é seu favorito. Quanto à mim, ficaria muito feliz de entrar para o coral, porque estar no centro das atenções não é muito a minha praia (pelo menos não de propósito).

QUARTA-FEIRA, 23 DE FEVEREIRO

Passei cerca de duas horas ensaiando minha apresentação usando a velha técnica de cantar com uma escova de cabelo em frente ao espelho. Temos que escolher uma das canções de *A Pequena Sereia* para cantar e a maioria das pessoas escolheu "Parte do Seu Mundo". Eu decidi cantar "Aqui no Mar", porque é uma apresentação mais cômica e é mais fácil de alcançar as notas. Eu já sei a letra de cor, graças a uma obsessão quase doentia pela Disney entre os quatro e oito anos de idade (possivelmente dez e meio, sendo bem honesta).

Pensei que estava cantando muito bem, mas Toby continuava gritando coisas como:

— PAPAI, VOCÊ PODE PEDIR PARA A LOTTIE CALAR A BOCA?! ELA SOA COMO UMA OVELHA QUE ACABOU DE LEVAR UM SOCO DE UM TEXUGO!

Então gritei de volta:

— PAPAI, VOCÊ PODE DIZER A TOBY QUE ELE É UM IDIOTA E QUE TEXUGOS NÃO SAEM POR AÍ DANDO SOCOS EM OVELHAS?!

— PAPAI, VOCÊ PODE DIZER A LOTTIE QUE ELA É A IDIOTA, PORQUE EU VI UM TEXUGO SOCAR UMA OVELHA NO YOUTUBE E É EXATAMENTE ASSIM QUE ELA SOA QUANDO CANTA?!

— PAPAI, VOCÊ PODE PEDIR PARA TOBY EXPLICAR POR QUE DIABOS UM TEXUGO DARIA UM SOCO EM UMA OVELHA?!

— TALVEZ A OVELHA TENHA RISCADO O CARRO DO TEXUGO E ENTÃO TENTOU FUGIR COMO O CARA QUE VIMOS NO ESTACIONAMENTO DO MERCADO SEMANA PASSADA!

— PAPAI, NÃO POSSO VIVER MAIS COM ESSE IDIOTA! ELE ESTÁ APODRECENDO MINHAS CÉLULAS CEREBRAIS! PODEMOS VENDÊ-LO PARA O CIRCO?

Papai gritou de volta:

— VOCÊS DOIS PODEM FICAR QUIETOS?! NÃO ESTOU CONSEGUINDO ME CONCENTRAR NOS MEUS VÍDEOS ENGRAÇADOS DE CACHORROS!

Depois mamãe gritou:

— ESTOU TENTANDO FAZER A BELLA DORMIR. SE VOCÊS TODOS NÃO CALAREM A BOCA AGORA, EU VOU (inserir alguma linguagem grosseira que você conheça).

Apenas mais um dia alegre e funcional na casa dos Brooks!

QUINTA-FEIRA, 24 DE FEVEREIRO

7h13

Aaaah! Acordei bem cedo para lavar meu cabelo, para que eu ficasse mais bonita para a audição. Não acredito que vou realmente fazer isso. Não acredito que vou subir por livre e espontânea vontade em um palco e cantar na frente das pessoas! Parece uma loucura total, mas serei corajosa e me arriscarei porque estou determinada a não ser a garota tímida que nunca tenta nada por medo de fracassar.

Meus hamsters estão me apoiando como sempre. (Bom, é mais o Professor Guinchinho. Bola de Pelo parece ainda estar dormindo.) Toda vez que duvidar de mim mesma, vou pensar neles e em como eles sempre me apoiam.

18h

MINHA NOSSA, EU CONSEGUI!

Primeiro, a Sra. Lane nos reuniu e disse que estava ciente do enorme interesse no papel da Ariel, mas que havia vários outros papéis excelentes disponíveis, portanto, as pessoas não deveriam ficar desanimadas caso não conseguissem, blá blá blá etc. Obviamente vai ser um drama só quando a lista de elenco sair.

Depois, tivemos que fazer uma fila do lado de fora do departamento de teatro e ela começou a chamar as pessoas para fazer o teste, uma a uma. A maioria cantou bem e, à medida que a fila ia ficando cada vez menor, eu ficava cada vez mais ansiosa. Tive que ir ao banheiro mais vezes do que gostaria de dizer, já que ficava pensando que poderia fazer xixi na calça!

Amber estava dois lugares à minha frente e ainda estava dizendo a todos em um raio de quatro quilômetros como ela seria incrível como Ariel. Eu não podia acreditar em como ela estava confiante!

Quando chegou a vez dela de entrar, todos nós paramos de conversar e ficamos em silêncio, pois estávamos intrigados para ouvir sua *voz maravilhosa*. Mas, estranhamente, ela não cantava nada bem, estava completamente desafinada. Talvez eu tenha que me desculpar com o Toby porque, pelo visto, sua analogia fazia sentido no final das contas: ela parecia uma ovelha levando um soco de um texugo bem na cara!

Todo mundo na fila se olhou como se dissesse: "Oi?"

No entanto, ela pareceu não perceber como tinha cantado mal, pois parecia muito satisfeita consigo mesma quando saiu. Na verdade, estava radiante.

— Como foi? — perguntou Jess.

— Fabuloso! Senhora Lane praticamente disse que o papel é meu.

O QUÊ?! Será que ela se ouviu?!

Ela era como um daqueles participantes do X-Factor que participam das audições pensando que são os melhores, embora não saibam cantar, só porque suas famílias lhes disseram que eles eram bons.

Molly seria a próxima, e ela foi ótima, mas, irritantemente, ela se esqueceu da letra e teve que começar de novo. Eu disse a ela para não se preocupar e que isso não importava, mas acho que ela estava muito chateada consigo mesma.

Depois, era minha vez! Senti um frio na barriga e meu coração começou a bater super-rápido. Lembrei do que mamãe disse sobre respirar fundo e fechar meus olhos para tentar acalmar a sensação de pânico. Então caminhei até o meio do palco e olhei para a Sra. Lane, que estava sentada a quilômetros de distância, ou era o que parecia, no meio do auditório junto com outro professor de teatro, Sr. Coombes, e dois adolescentes do décimo ano, que ajudariam com a produção.

— Olá, Lottie. Como está se sentindo? — perguntou ela.

— Estou bem. Um pouco nervosa — respondi.

— Um pouco de nervosismo é normal; pode até ajudar na apresentação. Mas não tenha pressa e comece quando estiver pronta.

E então eu cantei. Achei que foi ok; eu não travei e me lembrei de todas as palavras, mas, além disso, não conseguia dizer como estava indo. Foi só quando voltei para o corredor e as pessoas começaram a dizer coisas como: "Uau, Lottie, você sabe mesmo cantar!" que eu percebi que talvez tivesse feito um bom trabalho no final das contas. Eu estava chocada, mas também muito satisfeita.

Jess foi em seguida e cantava de uma maneira incrível! Como se fosse fácil. A fileira toda a ovacionou quando ela saiu.

Quando todo mundo terminou, a Sra. Lane voltou e nos agradeceu por termos vindo. Ela nos disse que descobriríamos nossos papéis na próxima quarta-feira, quando colocariam o resultado no quadro de avisos do departamento de teatro. Também nos disse para não ficarmos decepcionados se não conseguíssemos um papel principal, porque sempre havia uma próxima vez e que ela precisava de extras no coral e para ajudá-la nos bastidores também.

Quando voltamos para casa, eu e Jess estávamos nas nuvens, totalmente animadas com o teste. Tinha sido muito importante para mim, pois eu NUNCA teria a coragem de fazer esse tipo de coisa antes.

Molly parecia um pouco triste com a situação toda. Acho que ela estava chateada por ter esquecido a letra. Tentamos dizer a ela que isso não era tão importante, mas não sei se funcionou.

SEXTA-FEIRA, 25 DE FEVEREIRO

Quem em sã consciência decide ter filhos?! Sério, honestamente, Bella gritou **A NOITE TODA**!

Mamãe disse que era cólica, dentes nascendo, indigestão, gases ou salto de desenvolvimento (seja lá o que isso signifique). Pensei que talvez fosse apenas "ser uma irmãzinha irritante"?!

Eu mal consegui prestar atenção em qualquer coisa na escola hoje. Eu tinha olheiras **ENORMES**; na verdade, eram tão grandes que eu parecia um panda.

Na minha aula de história do sexto período, eu estava tão cansada que dormi na mesa. Aparentemente, dormi por cerca de quinze minutos até o Sr. Simmonds me acordar aos berros:

— **LOTTIE BROOKS, COMO VOCÊ PODE DORMIR DURANTE A REVOLUÇÃO INDUSTRIAL EU NUNCA VOU SABER!**

Infelizmente, eu estava chocada e confusa, e ainda cometi a gafe de chamar um professor de mamãe, o que, só para constar, é muito pior quando o professor é um homem.

Mais infelizmente ainda, a sala pareceu pensar que eu havia dito isso como uma piada, então agora tenho que escrever uma redação de 1.500 palavras sobre *Como a Grã-Bretanha se tornou um país modernizado*. Obrigada por isso, Bella!!!

Ainda assim, foi legal ver Nigel, a poça de baba, no meu livro de história. Eu estava com saudade dela!

SÁBADO, 26 DE FEVEREIRO

Acabei de voltar do centro com as garotas e tenho uma notícia muito empolgante para contar a você. É ainda mais empolgante do que quando descobri o frapa-tino-hino de morango (ainda não sei o jeito c e r t o de dizer). Enfim... hoje tomei meu primeiro *bubble tea* e **MINHA NOSSA!!!!!!!!!!**

Você precisa tomar um agora. Sério. Pare o que você estiver fazendo, vá até a loja de bubble tea mais próxima e peça um. Se você não tem idade o suficiente para ir sozinho, então implore de joelhos para que sua mãe ou pai leve você. Sério, coloque a culpa em mim. Diga que Lottie lhe disse que você **PRECISA** de um **AGORA**.

É assim que funciona: você vai até a loja de bubble tea e pode escolher qualquer sabor de chá que quiser, e quando eu digo chá, não é aquele tipo de chá sem graça que seus pais tomam — é basicamente suco, e depois você pode escolher o sabor de bolha que quiser! Eu tomei de pêssego e maracujá com *popping boba* de mirtilo (popping boba é um tipo de bolinha que estoura na sua boca, é uma explosão de sabor!).

Jess escolheu chá de maçã e morango com popping boba de kiwi, e Molly pegou framboesa e lichia com popping boba de cereja. Experimentamos uma da outra e, embora todos fossem bons, gostei mais do meu, o que é ótimo porque eu **ODEIO** quando você faz uma má escolha e fica com inveja da escolha dos outros.

Acho que quando eu for mais velha, talvez abra minha própria loja chamada Bubble Tea da Lottie! Imagine como seria divertido. Eu poderia ficar sentada bebendo chá o dia todo.

Enfim, Jess, Molly e eu estávamos sentadas bebendo nossos chás e adivinhe quem vimos passando pela janela? Aham, Lindo Theo e o **VERDADEIRO** Daniel.

Por instinto, eu me joguei debaixo da mesa para evitar ser vista.

— O que você está fazendo, Lottie? — perguntou Jess.

— Ah, hum... perdi meu brinco!

— Ahn... suas orelhas nem são furadas — disse Molly.

Eu apontei discretamente para os garotos pela janela.

— Não quero que ele me veja. Estou com medo de fazer alguma coisa estúpida.

— O que é mais estúpido do que se esconder debaixo da mesa procurando por um brinco que não existe? — perguntou Jess, rindo.

— Exatamente.

Eu rastejei para fora quando percebi que a barra estava limpa e notei que Molly ainda olhava de maneira sonhadora pela janela, na direção em que os garotos haviam ido.

— É melhor você tomar cuidado — eu disse a ela depois que eles foram embora. — Você sabe que Amber te mata se você ficar com o Theo, certo?

— O que faz você pensar que eu gosto do Theo? — ela perguntou.

Ah, como rimos!

DOMINGO, 27 DE FEVEREIRO

Continuo pensando no Daniel e realmente não sei o que fazer.

Será que ele acha que eu gosto/gostei de Dan, o Cara?

É por isso que ele está me evitando na escola?

Ele ainda gosta de mim?

Será que ele realmente gostou de mim?!

Será que Marnie o chamou para sair?

Ele diria sim se ela o convidasse?

Será que ele viu o cartão horrível de Dia dos Namorados?

Qual a cor dos olhos dele se você olhar bem de perto?

Qual seria a sensação de segurar sua mão?

Será que algum dia serei capaz de falar com ele como um ser humano normal?

O que veio primeiro: a fruta laranja ou a cor laranja?

Como as pessoas podem dizer que estão sem palavras se elas estão realmente sem palavras?

Os peixes sentem sede?

Você pode fugir na sala de estar?

E almoçar na sala de jantar?

No cinema, como você decide qual apoio para braço é o seu?

A palavra dicionário está no dicionário?

Um voo sem asas é uma caminhada?

Como se chama o macho da viúva-negra?

Como se chama o macho da joaninha?

Pinguins têm joelho?!?

Tantas perguntas, tão poucas respostas!

Acho que a única maneira de descobrir é contando a verdade e admitindo para o Daniel que eu gosto dele e que lhe enviei o cartão mais estranhástico do mundo todo. Terei que ser uma adulta e fazer isso.

SEGUNDA-FEIRA, 28 DE FEVEREIRO

Eu pretendia falar com o Daniel hoje, mas quando eu o vi no corredor, fiquei paralisada, literalmente encostada na parede, como um coelho diante de faróis, como diria meu pai.

O Sr. Peters também estava andando pelo corredor e, quando me viu, pareceu preocupado e perguntou:

— Está tudo bem, Lottie? Você parece um pouco distante ultimamente. Por que você não vai à secretaria e pede para conversar com o conselheiro da escola?

Eu disse que estava tudo bem e fui para a aula de educação religiosa. Mas eu me pergunto se o conselheiro da escola teria algum conselho sobre conversar com garotos.

TERÇA-FEIRA, 1º DE MARÇO

AHHH, GRANDE DIA AMANHÃ!!! Descobriremos os papéis que teremos na peça de teatro. Todos os sétimos e oitavos anos estão comentando sobre isso, então é muito emocionante.

Eles nos garantiram que teremos algum papel, então não estou tão nervosa. Para ser honesta, quanto menor o papel, melhor para mim, pois assim não passarei as próximas seis semanas me estressando com isso. Trabalhar nos bastidores também seria bom. Talvez eu possa fazer cabelo e maquiagem ou algo assim?!

Acho que estou mais ansiosa pela Molly! Ela com certeza ficará devastada se Amber conseguir o papel de Ariel e vice-versa.

QUARTA-FEIRA, 2 DE MARÇO

CARAMBA! Você não vai acreditar no que aconteceu hoje. Vou começar do início...

Eu me encontrei com Molly e Jess a caminho da escola como sempre. Concordamos em chegar cedo para variar, pois sabíamos que a primeira coisa que a Sra. Lane faria seria colocar a lista do elenco.

Foi realmente estranho abrir caminho até a frente da multidão para dar uma olhada na lista; algumas pessoas estavam comemorando, outras estavam chorando, e outras estavam quase sendo pisoteadas até a morte no chão. Senti como se estivesse em uma espécie de filme de ensino médio dos EUA!

Meus olhos automaticamente foram para o final da lista, já que esperava estar no coral na melhor das hipóteses. Quando não encontrei meu nome lá, comecei a subir...

E subir...

E subir...

Não podia acreditar! Eu tinha conseguido o papel do Sebastian!

— Parabéns, pessoal — ouvi Molly dizer com tristeza.

— O quê?!... Qual papel vocês receberam? — eu perguntei, passando os olhos pela lista. Foi então que vi quem tinha conseguido o papel de Ariel...

— **MEU DEUS! JESS!**

Ela estava ali, olhando para o próprio nome e parecendo prestes a desmaiar.

Naquele momento, Amber nos tirou do caminho com uma cotovelada. Seu rosto passou de um sorriso satisfeito e presunçoso para ódio puro.

— RIDÍCULO! Eles não saberiam o que é talento nem se ele os atingisse na cara!

O que estava acontecendo? Olhei a lista mais uma vez e vi os nomes de Molly, Poppy e Amber na seção do coral como "peixes genéricos". Ops.

Em uma estranha reviravolta do destino, as duas principais candidatas ao papel principal foram escaladas para o coral e as duas pessoas que ficariam mais do que felizes sendo parte do coral foram escaladas para papéis importantes.

— Sinto muito, Molly — disse Jess, enquanto colocava um braço ao redor do seu ombro.

— Eu também — eu disse, de verdade.

— Tudo bem, pessoal. Vocês foram ótimas e merecem muito.

Podia notar como ela estava decepcionada, e deve ter sido difícil ver eu e Jess recebendo a notícia que ela tanto esperava.

Quando cheguei em casa, contei a novidade para mamãe e papai e eles ficaram totalmente entusiasmados. Mas não sei dizer como eu me sinto... Contente? Aterrorizada? Uma mistura dos dois, provavelmente. Quer dizer, vou ter que me fantasiar como um maldito caranguejo!

Isso é algo **MUITO** importante para mim e não tenho certeza se tenho a confiança necessária para fazer isso. Mas vou dar o meu melhor.

QUINTA-FEIRA, 3 DE MARÇO

Daniel passou por mim na fila do almoço hoje e disse:
— Parabéns pelo papel do Sebastian, Lottie!
E eu respondi:
— Obrigada, eu sempre sonhei em ser um crustáceo cantor.
— Um quê?
— Um crustáceo... é um, ahn... um termo usado para descrever criaturas que vivem na água e tem revestimento externo rígido... lagostas e camarões são outros exemplos...

Mesmo enquanto dizia isso, eu pensava: *Por que estou falando como se fosse um dicionário?!*

— Ah, muito bem, é interessante saber isso... Parabéns pelo papel de crustáceo cantor então.
— Sim, obrigada.

Então fui até meu armário. Eu o abri, coloquei minha cabeça até onde pude e depois dei um belo grito silencioso.

Por que eu sou assim?

Porém, o lado bom é que o Daniel está sendo amigável comigo outra vez! Talvez ainda haja uma chance para nós afinal?!

SEXTA-FEIRA, 4 DE MARÇO

As coisas têm estado um pouco estranhas.

Molly ainda está claramente chateada em relação à peça, mas continua dizendo que está tudo bem. Eu e Jess estamos tentando não falar muito sobre isso na frente dela, mas, ao mesmo tempo, não há muito mais sobre o que falar. Eu me sinto muito culpada, embora saiba que não é minha culpa.

Enquanto isso, Amber está dizendo a qualquer um que queira ouvir que ela foi *roubada* e ameaçando tomar medidas legais contra a escola. Quer dizer, imagine tentar processar a escola porque você não conseguiu o papel que queria em uma peça?! É ridículo.

SÁBADO, 5 DE MARÇO

(15h03)

Decidi mandar uma mensagem para Liv sobre o dilema Daniel.

> **EU:** Socorro. Não consigo falar com garotos! Ou, mais especificamente, com o garoto de quem eu gosto GOSTO! 😎

> **LIV:** Não se preocupe. Sou mestre nisso. Farei de você uma profissional em pouco tempo! Chego em 5 min. Bjos

> **EU:** Incrível, muito obrigada, você é minha salvadora! Bjos

Isso foi **TÃO** útil. Só que não.

Liv disse:

— Certo, vamos ver com o que estamos lidando aqui. Imagine que eu sou o Daniel e acabei de chegar para falar com você.

Ela baixou o tom de voz para parecer uma versão masculina rude, o que foi engraçado porque o Daniel não fala assim na vida real. Pensei: *Com certeza posso fazer isso porque não é o Daniel, é apenas a Liv, isso está facinho!*

— Ei, Lottie. E aí? — começou ela.

De repente, do nada, o pânico começou a crescer dentro de mim e as palavras que eu queria dizer pareciam estar longe do meu alcance. Minha mente ficou totalmente em branco! ENTÃO, eu só abri a boca e torci pelo melhor.

— Ah, oi... ahn... Laniel... quer dizer, Daniel... Estou indo para minha, ahn, aula de matemática. Mas, ahn, vou ao banheiro primeiro. Porque estou desesperada para fazer xixi, então, ahn... é, melhor eu ir. Não quero me molhar na escola, quero? Haha.

Não estou brincando. Esse era o rosto da Liv...

Ela realmente parecia assustada por mim.

A conclusão é que Liv sentiu que eu daria um pouco mais de trabalho do que ela havia imaginado de início. Infelizmente, ela não tinha a noite toda para me ajudar, pois tinha um trabalho de história para entregar amanhã. E, de qualquer forma, levaria cerca de três anos para resolver meu "problema". Foi um pouco desagradável escutar isso, mas provavelmente foi justo.

No entanto, ela me deu algumas dicas rápidas para lidar com o nervosismo:

* Mantenha a calma e fale devagar. (Ah, NOSSA... bom, se eu tivesse pensado nisso antes! Só para deixar claro, estou sendo sarcástica.)

* Imagine que a pessoa com quem você está falando está nua. (É o quê?! Como isso vai ajudar? Com certeza tornaria as coisas um MILHÃO de vezes pior.)

* Encenar a conversa com um membro da família. (Ah, tá. Imagine encenar com sua mãe convidar um garoto para sair. Ou, pior ainda, com seu pai. Ou, pior do pior, com seu irmão! Superestranho.)

Então, tenho certeza de que com um pouco de prática, vou me tornar especialista em falar com garotos em breve (mais uma vez, estou sendo sarcástica).

DOMINGO, 6 DE MARÇO

Decidi encenar esse convite ao Daniel com o Professor Guinchinho. Bola de Pelo estava ocupado demais dormindo (de novo). Na verdade, correu tudo bem, então talvez se eu imaginar o Daniel como um hamster, eu finalmente seja capaz de ter uma conversa de verdade...

A tradução de sua resposta para aqueles que não falam hamster é:
— Sim, seria totalmente adorável, Lottie! OBS.: Você está linda hoje!
O Professor tem seu charme. ☺

SEGUNDA-FEIRA, 7 DE MARÇO

Tentei a técnica de "imaginar Daniel como um hamster" hoje, mas não ajudou em nada. Na verdade, foi assustador!

Por outro lado, Molly teve uma interação **MUITO** mais bem-sucedida com Theo a caminho de casa...

— Vejo você amanhã, Molly — disse ele ao passarmos pelos portões da escola.

— Se você tiver sorte! — respondeu ela, sem nem gaguejar.

COMO ELA FAZ ISSO?!

— Meu Deus, ele está totalmente na sua! — disse Jess.

— Você acha?!

— Ele se despediu especificamente de **VOCÊ**! Deve ser amor — eu disse. — Você sairia com ele se ele te convidasse?

— Ahnnnn... talvez — ela respondeu de uma maneira que soou como um grande **SIM**.

TERÇA-FEIRA, 8 DE MARÇO

(16h32)

Voltei a viver no Forte da Vergonha.

Meu coração foi partido em um milhão bilhão gazilhão de pedaços.

Não sei como vou superar tamanha tragédia. Tudo parece sombrio e sem sentido.

Ninguém mais entende. Tudo o que me resta nesse mundo são meus hamsters leais e um pacote grande de KitKat Chunkys (que comprei no supermercado a caminho de casa).

Não me importa quais ameaças meus pais façam (a menos que envolva o Wi-Fi.) Não poderei voltar à escola NUNCA MAIS.

Estou desanimada demais para escrever.

(17h45)

Só tenho um KitKat Chunky sobrando. Estou me sentindo absolutamente péssima. Sim, por causa de um coração partido, mas em grande parte por devorar três KitKat Chunkys um atrás do outro. Quer dizer, eu gosto muito, mas três em seguida é uma loucura.

Para ser honesta, essa tristeza de agora só pode ser indigestão. É muito difícil diferenciá-las.

(18h09)

Mamãe está muito irritada comigo. Eu disse que não podia comer o jantar devido à grande tragédia da minha vida amorosa, mas ela viu as emba-lagens de KitKat no chão do meu quarto e não acreditou em mim. Ela disse que, se não puder confiar em mim para gastar minha mesada com responsabilidade, então ela deixará de me dar dinheiro.

Ela também confiscou meu último KitKat Chunky. Eu reagi mal a essa notícia, mas, olhando para isso novamente, acho que foi uma jogada inteligente da parte dela.

De repente, fiquei com fome outra vez, então desci as escadas e comi o último KitKat.

Mamãe me pegou no flagra e agora estou de castigo até o final de semana. Pelo visto, parece que eles podem tirar meu KitKat E minha liberdade. Grrrr.

> **19h01**

Quatro KitKat Chunkys definitivamente é demais. Eu me sinto péssima. Que idiota. Acho que vou morrer. Devo ligar para o 192?

> **19h03**

Alarme falso. Não estou morta. Soltei um belo arroto com sabor de chocolate e me senti MUITO melhor. Foi um arroto muito bom, na verdade, foi saboroso. Gostei bastante.

Minha nossa, isso soa como algo que Toby diria. Eu sou tão nojenta; por favor, não conte a ninguém que eu disse isso!

> **19h17**

Ok, agora que sei que posso confiar em você, talvez eu esteja pronta para lhe contar o que aconteceu.

Nunca consegui dizer ao Daniel que eu gosto dele, porque, na hora do almoço, Amber anunciou para todo mundo em nossa mesa (eu, Jess, Molly, Poppy, Meera e Kylie):

— Meu Deus, vocês ouviram as notícias sobre Daniel e Marnie? Marnie me contou semana passada que ela tinha um crush nele, então eu contei a Luis, que contou a Ben, que contou a Theo, que contou a Daniel e, aparentemente, ele gosta dela há SÉCULOS também!

Senti um pavor terrível e invejoso percorrer meu corpo. Eu queria colocar os dedos no ouvido para impedir que Amber falasse.

— Então... agora eles são oficialmente namorados e é tudo graças a mim! — continuou ela. — Sou a melhor casamenteira do mundo ou não?

Todo mundo começou a concordar com ela, até Molly murmurou sua aprovação. Apenas Jess me lançou um olhar de solidariedade do outro lado da mesa.

Eu não queria escutar mais nada. Estava prestes a dar uma desculpa para ir ao banheiro quando Amber se virou diretamente para mim e disse:

— Eles formam um casal muito **FOFO**, não é, Lottie?

— Sim — eu murmurei com o máximo de entusiasmo que consegui.

Em seguida, peguei minha mochila rapidamente e sai da cantina. Por sorte, já estava quase na hora da próxima aula.

Estou tão irritada comigo. Durante todo esse tempo em que passei pensando em contar ao Daniel como eu me sentia, outra pessoa estava fazendo a mesma coisa. Agora é tarde demais, e é culpa é totalmente minha.

Também estou muito chateada com a reação de Molly. Ela não pareceu se importar nem um pouco com meus sentimentos. Quando ela tentou me perguntar qual era o problema no caminho de casa, eu apenas dei de ombros e não disse nada.

Conversa de WhatsApp com Molly:

MOLLY: Ei, Lots, você está brava comigo? Sei que você está chateada sobre Daniel e Marnie, mas não é culpa minha, é? Bjos.

EU: Não é culpa sua, mas Amber estava tentando esfregar isso de propósito na minha cara e você ficou lá dando os parabéns a ela.

MOLLY: Ela não estava tentando esfregar isso na sua cara. Estava apenas contando as novidades, só isso. Não é como se você e o Daniel tivessem alguma coisa, e se você quisesse, poderia tê-lo convidado para sair.

EU: Você sabe que eu não sou assim. Não consigo convidar as pessoas para sair assim.

MOLLY: Bom, não é culpa da Amber que você tem muito medo de falar com ele.

EU: Eu sei. Mas sempre parece que ela está tentando me atingir... e eu pensei que minha melhor amiga ficaria do meu lado.

MOLLY: Estou sempre do seu lado. Mas você precisa aceitar que Amber também é minha amiga e parar de tentar causar problemas no grupo.

Lágrimas começaram a brotar nos meus olhos e borrar a tela, então deixei o celular de lado. Senti como se tivesse levado um tapa no rosto. Como é que eu deveria responder a essa mensagem?

(19h43)

Por sorte, enquanto eu estava tentando escrever uma resposta, ela me mandou outra mensagem.

MOLLY: Desculpe se fui muito dura e sinto muito pela situação com o Daniel também. Eu sei que você realmente gostava dele, mas só quero que nosso grupo se dê bem, ok?

EU: Ok. Me desculpe também. Não quero que a gente se desentenda. Bjos.

MOLLY: Nunca! E ouça, Marnie e Daniel provavelmente terminarão no final de semana. Ouvi dizer que o relacionamento mais longo dela durou 2 ou 3 horas!

EU: Bom, então eu a superei, pois o meu durou uma semana! O segredo é namorar alguém que você nunca conheceu antes 😊

MOLLY: Você é tão engraçada, Lottie. Te amo, boa noite, bjos.

EU: Também te amo, boa noite, bjos.

Agora me sinto um pouco melhor com as coisas. Mas só um pouco. Porque embora Molly não enxergue, eu sei o que Amber está tentando fazer e não gosto nada disso.

QUARTA-FEIRA, 9 DE MARÇO

(7h43)

Acordei e disse a mamãe que eu não podia ir para a escola porque estava me sentindo doente com chocolatogia (eu inventei, mas soava muito bem).

Mamãe respondeu que se eu não me arrumasse para a escola imediatamente, então ela mudaria a senha do Wi-Fi. Parece que vou para a escola então!

(16h24)

Hoje foi um dia difícil. Primeiro porque tirei só oito de trinta em um teste surpresa de geografia sobre formações fluviais, e segundo, porque minha alma estava sendo torturada ao ver Marnie e Daniel juntos.

As duas coisas provavelmente estão relacionadas, **NA MINHA OPINIÃO**. Quer dizer, como eu posso me importar com formações fluviais quando o coração do meu único e verdadeiro amor pertence a outra?

Sério, não é nem uma competição de verdade. Até mesmo um meandro (que é um negócio bem legal para ser honesta) não tem efeito em mim.

Juro, **OLHE PARA ELE!!** Sério, esse garoto não é muito fofo?! Ok, talvez seja um pouco difícil de dizer pelo meu desenho, mas, confie em mim, ele é muito **LINDO**.

Voltando à Daniel e Marnie... tentei evitá-los ao máximo, mas, infelizmente, o armário da Marnie é no mesmo corredor que o meu, e no intervalo, eles estavam bem ao lado dele, olhando nos olhos um do outro.

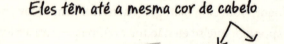

Acho que isso não vai terminar na semana que vem...

Na verdade, acho que eles já estão se apaixonando!

Eles provavelmente ficarão juntos para sempre. Provavelmente viajarão o mundo e aprenderão sete idiomas diferentes com fluência. Eles provavelmente farão muitos trabalhos voluntários e criarão um centro de resgate para animais selvagens feridos E não terão que se vangloriar sobre isso no Instagram, porque é assim que pessoas **BOAS** são. Eles provavelmente viverão em uma cabana de palha e plantarão seus próprios legumes no quintal E serão veganos (não trapaceiros que *acidentalmente* comem fatias de pizza quatro queijos e tomam sorvete, mas veganos **DE VERDADE**).

Provavelmente terão vinte e cinco filhos incrivelmente lindos e bem-comportados, e um cachorro superfofo chamado Beau. Talvez salvem um porco de uma fazenda e o chamem de Babe!!

Eles provavelmente se casarão e convidarão a escola **TODA** para o casamento, e eu terei que ir e fingir que estou **RIDICULAMENTE FELIZ** por eles, porque se eu não fizer isso, todos saberão que ainda gosto do Daniel.

Pelo amor de Deus, recomponha-se, Lottie. Eles só estão juntos há vinte e quatro horas!

Não sei como vou conseguir sobreviver a isso... sinto como se estivesse em um videoclipe em preto e branco sobre uma garota cujo coração foi partido e estou sentada no meu quarto, encarando as paredes e parecendo triste. Eu me pergunto se alguém gostaria de vir me filmar para um videoclipe, pois esse seria um lado positivo. Acho que eles também fariam meu cabelo e maquiagem para que, mesmo parecendo triste, pelo menos eu esteja triste e maravilhosa ao mesmo tempo. Eles devem usar um rímel muito bom à prova d'água. Gostaria de saber qual a marca...

Mamãe interrompeu meu videoclipe sentada-no-meu-quarto-e-triste pedindo que eu descesse para colocar a mesa do jantar. Honestamente, não posso nem aproveitar mais meu momento de sentir pena de mim mesma!

QUINTA-FEIRA, 10 DE MARÇO

16h25

Vi D e M de mãos dadas no campo de futebol na hora do almoço. O relacionamento deles está, obviamente, progredindo com muita rapidez!

Depois, e você não vai acreditar nisso... quando eu estava caminhando em direção à aula de artes, vi Dan, o Cara, de mãos dadas com Grande Lexi! Lexi é a garota mais alta do nosso ano, com cerca de trinta centímetros a mais do que nós, então ficar de mãos dadas com ela deveria ser bem complicado para ele... mas ele não parecia se importar. A diferença **ENORME** de altura não parecia incomodá-los nem um pouco. Eles também pareciam ridiculamente felizes... quer dizer, sei que deveria estar feliz por eles, mas custava ter esperado um pouco mais do que duas semanas antes de me substituir cruelmente?!

Aff. Literalmente para **QUALQUER** lugar que eu olhe, **TODO MUNDO** parece estar de mãos dadas. Daniel e Marnie... DC e Lexi... Bom, pelo menos quatro pessoas... Com certeza há muitas outras pessoas de mãos dadas na escola que eu ainda não vi.

Eu nunca segurei a mão de um garoto e tenho doze anos e meio já! Como isso é justo?!

Eu provavelmente nunca vou segurar a mão de um garoto. Acabarei como uma louca dos gatos empurrando filhotinhos em um carrinho de bebê!

Para ser honesta, isso soa muito bem, já que gatinhos são superfofos. O único problema é que eles talvez comam meus hamsters! Eca.

Correção: Acabei de me lembrar que hamsters vivem cerca de dois anos apenas, então, é improvável que eles ainda estejam por aqui quando eu estiver com 93 anos.

Correção 2: A menos que eles quebrem o recorde mundial de hamsters mais velhos do mundo, o que seria INCRÍVEL!!

19h24

Queria saber se D e M já se beijaram. Espero que não! Não suporto a ideia dele beijando outra garota.

Isso é horrível. É ainda pior do que quando eu tinha cinco anos e deixei meu vestido favorito da Elsa na casa da Sophia. Eu nem gostava da Sophia, mas mamãe me encorajou a ir brincar lá, o que foi um grande erro! Sophia se recusou a devolver o meu vestido e disse que era dela! Foi tudo tão injusto. No fim, nossas mães se envolveram e o vestido foi devolvido, mas tinha um rasgo na saia e feijão cozido na parte de cima. Não gostei mais dele depois disso, já que parecia manchado e errado.

A mãe de Sophia também fez macarrão à bolonhesa para o jantar e havia pedaços grandes de cebola nele. Eu jurei nunca mais voltar lá.

Enfim, o que eu queria dizer é que parecia exatamente isso, mas pior!!

SEXTA-FEIRA, 11 DE MARÇO

Jess acabou de ir embora. Ela veio aqui depois da aula para uma intervenção porque, aparentemente, eu precisava de uma *boa conversa*! Fiquei um pouco triste por Molly não ter vindo também (acho que ela pensa que estou sendo um pouco dramática), mas tenho sorte por Jess entender como estou me sentido, pois ela realmente me ajudou a entender tudo.

Ela me disse que se o Daniel prefere sair com a Marnie do que comigo, então é ELE que sai PERDENDO, e que eu não deveria deixar um garoto controlar minha felicidade!

ELA TEM TODA RAZÃO!!!!! Não acredito que fiquei tão triste por causa dele.

Sério, quando ele come salgadinho, não lambe o pozinho direito dos dedos, e eu já o vi inúmeras vezes com as unhas alaranjadas, então ele não é perfeito...

Então colocamos Little Mix para tocar e dançamos no quarto ouvindo *Power* e *Shout Out to My Ex* no volume máximo.

Mamãe ficou um pouco irritada porque aparentemente Bella estava tirando uma soneca. Sério, tudo nessa casa gira em torno da soneca da Bella. É como viver num monastério. Mamãe podia se interessar um pouco mais por sua filha mais velha, que teve seu coração rasgado em literalmente mil pedaços (tá bem, não literalmente, já que isso seria nojento, mas você entendeu).

Estou me sentindo muito melhor agora. Eu me diverti muito... uma pena que Molly não estava aqui, mas foi ótimo dar risadas de novo com a Jess.

E não vou perder nem mais um segundo pensando em Daniel e Marnie e se eles já se beijaram ou não, porque **EU NÃO ME IMPORTO!**

AHÁ!

Mas você acha que eles já se beijaram? Quer dizer, como eu disse, eu não me importo nem um pouco... estou simplesmente um pouquinho curiosa...

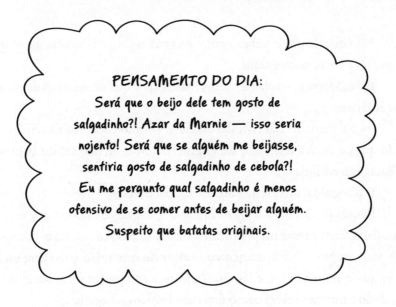

SÁBADO, 12 DE MARÇO

15h12

Acordei me sentindo ótima. Decidi fazer uma loucura e marcar o início da nova era independente e menos obcecada por garotos da Lottie!

Fui procurar a mamãe e disse a ela que eu finalmente estava pronta para furar minhas orelhas.

Ok, sei que isso não é exatamente uma loucura. Faz séculos que quero furar minhas orelhas, mas o problema é que eu, na verdade, tenho (**MUITO**) medo de agulhas. Mas HOJE eu ia ser corajosa.

Enfim, mamãe concordou com relutância em abandonar a limpeza e marcar um horário para mim em uma loja de piercings no shopping. Molly já tinha planos, mas Jess disse que viria comigo para segurar minha mão.

Minha coragem começou a desaparecer quanto mais nos aproximávamos da loja, mas eu não ia recuar; não, eu não ia!

Finalmente, eu me sentei no banco e a mulher com **GRANDES** agulhas (**Aff**) começou a me explicar o processo. Comecei a me sentir zonza e enjoada.

Não queria ouvir sobre como ela faria o procedimento, eu só queria que ela fizesse isso rápido!

Ela colocou a pistola na minha orelha (por que chamamos de pistola?!) e eu disse:

— Na verdade, não. Mudei de ideia! — mas todo mundo riu, pensando que eu estava tentando ser engraçada. Mas eu não estava brincando! Estava apavorada.

Em seguida, ouvi o disparo e tudo escureceu.

Pensei *É Isso! Meu tempo acabou...* Imagens de coisas que eu nunca poderia fazer passaram pela minha mente... Nunca vou fazer compras de Natal em Nova York, nunca vou saltar de um avião (não que eu fosse de qualquer maneira, é loucura!), nunca vou poder fazer luzes no meu cabelo e nunca saberei como fico com brincos na orelha...

Tive a sensação de ser levantada e sair voando, flutuando. Então ouvi vozes abafadas e depois uma luz nos meus olhos, estava no céu?!?

Em seguida, senti um cheiro familiar... batatas fritas e milkshake de morango... eu estava bem... estava viva... estava no McDonald's!

Jess estava tentando me fazer despertar colocando nuggets de frango embaixo do meu nariz.

— Lottie, Lottie... você está bem? — perguntou mamãe.

— Sim... sim... acho que sim. O que aconteceu?

— Você desmaiou na loja de piercings e Jess e eu tivemos que carregá-la pelo shopping e subir as escadas rolantes. Foi extremamente difícil. Você estava murmurando de maneira incoerente sobre paraquedismo e luzes no cabelo.

— *UAU! BOM, AINDA BEM QUE ESTOU VIVA!* — exclamei bem alto, para a diversão das mesas ao redor que me olhavam como se eu fosse louca.

— Sim, foi por pouco — disse mamãe, rindo.

— Então, como ficaram?! Combinaram comigo? — perguntei a Jess enquanto colocava as mãos na orelha.

— Ah... bom...

— Peraí... por que só estou com um brinco?

Notei que as duas trocaram olhares nervosos.

— Ouça, Lottie, infelizmente eles não conseguiram furar a segunda orelha. Aparentemente é contra a política da loja perfurar pessoas inconscientes — respondeu mamãe.

— Eu acho que está muito legal, de qualquer forma — disse Jess. — Com certeza é original!

Eu não estava convencida, mas mamãe disse que poderíamos voltar e fazer o outro furo na próxima semana, se eu quisesse.

Decidi não me preocupar com isso por enquanto e me concentrar na tarefa que tinha em mãos: recuperar minha força comendo uma caixa inteira de nuggets de frango. Consegui comer dezoito para ser exata, o que é um novo recorde pessoal. Eu me senti muito melhor depois disso. Temporariamente.

Quando chegamos em casa, papai estava esgotado!

— Por que ninguém está usando roupas? — perguntou mamãe.

— Eu mal tive tempo de pensar, imagine de fazer todo mundo se vestir... — respondeu papai.

— *É HORA DA FESTA DAS CALÇAS!* — gritou Toby. — *PAPAI TAMBÉM NÃO TEVE TEMPO DE FAZER ALMOÇO, ENTÃO COMI UMA CAIXA DE DEDOS DE CHOCOLATE E CINCO PACOTES DE SALGADINHO!*

Mamãe lançou um de seus olhares mais assustadores para papai.

— Bom... é muito mais difícil do que você imagina cuidar de um bebê e de... um... Toby — disse timidamente. — Enfim, temos uma surpresa para vocês, não temos, Bella?

Ele ergueu Bella e você não vai acreditar, ela nos olhou diretamente e deu um enorme sorriso banguela.

Qualquer raiva que mamãe estivesse sentindo se dissipou. Foi um momento realmente fascinante e do qual nos lembraremos para sempre.

Ainda mais porque papai colocou uma meia-calça na cabeça dela achando que era um chapéu...

16h15

Conversa de WhatsApp com Molly:

MOLLY: Minha nossa. Você está bem? Vi você sendo carregada no shopping mais cedo!

EU: Estou bem. Desmaiei um pouco quando furei minha orelha, só isso.

MOLLY: Aaah. Faz sentido. Pensamos que você estava bêbada!

EU: Como eu estaria bêbada?! Tenho 12 anos.

MOLLY: Não sei, mas parecia isso

EU: OBRIGADA! O que você estava fazendo lá de qualquer forma? Achei que tinha um compromisso...

MOLLY: Ah, sim, eu tinha. Estava fazendo compras com Amber. Eu vi você pela janela da Zara, mas estávamos na fila do provador, então não podíamos sair para ver você. Ficou bom??

EU: Ah, bom, um deles, sim. É.

MOLLY: Como assim??!

EU: Longa história. Ainda estou me sentindo um pouco zonza, então eu te explico depois. Espero que você tenha tido um dia divertido. Bjos.

MOLLY: Sim, foi ótimo. Vejo você na segunda. Bjos.

Então ela estava *só fazendo compras com a Amber*?!

Só fazendo compras com a Amber (MINHA ARQUIINIMIGA) em vez de estar ao meu lado quando *EU QUASE MORRI*! Incapaz de checar se eu estava bem **PARA NÃO PERDER O LUGAR NA FILA DO PROVADOR NA ZARA?!**

Hunf. Estou me sentindo rejeitada agora. E por que estavam fazendo compras em segredo? Por que não fomos convidadas??

PENSAMENTO DO DIA:
Comer dezoito nuggets é loucura.
Especialmente quando são engolidos
junto com um milkshake grande de
morango. Duas estrelas. Não recomendo.

DOMINGO, 13 DE MARÇO

Minha orelha se acalmou um pouco e parece menos vermelha agora.

Mamãe diz que tenho que ter muito cuidado com o furo para que ele não infeccione. Eu tenho um remédio para passar e preciso girar o brinco algumas vezes por dia. Mas também não posso girar em excesso porque isso também pode ser ruim. Parece responsabilidade demais.

Mas eu realmente gostei. Fico me olhando no espelho e pareço muito mais velha e glamorosa. Pelo menos do lado esquerdo, obviamente.

SEGUNDA-FEIRA, 14 DE MARÇO

Nunca mais tinha falado com Marnie antes de hoje. Essa foi a primeira coisa que ela me disse:

— Minha nossa, Lottie, você está bem?? Daniel e eu vimos você sendo carregada pelo shopping no sábado. Pensamos que você estivesse bêbada!

Será que alguém **NÃO** me viu sendo carregada no shopping no sábado?

Eu respondi:

— Na verdade, eu estava passando por uma experiência de quase morte. Por sorte, estou bem agora, mas obrigada pela preocupação.

— Fico muito feliz mesmo de ouvir isso, Lottie. Daniel ficou muito preocupado... Aliás, acho que você perdeu um brinco.

Aaaah. Bom, isso torna as coisas mais interessantes. Não a parte do brinco... A parte sobre o Dedos de Salgadinho ter se preocupado comigo. Essa é uma boa notícia!

Porém, o lado ruim é que ele estava preocupado comigo (assim como metade da escola) porque acha que eu sou uma menor de idade que bebe. Essa é uma má notícia!

E há mais um lado ruim: Daniel e Marnie têm ido juntos ao shopping e todos nós sabemos o que ir ao shopping juntos significa, não é mesmo?

QUE ESTÃO SE BEIJANDO!

Para ser honesta, não sei se é isso mesmo. Eu só imagino que seja.

Não que eu me importe, obviamente.

OBS.: Fui informada por cerca de doze milhões de pessoas aleatórias que um dos meus brincos havia caído. Eu não tinha tempo nem força para continuar repetindo os detalhes traumáticos dos acontecimentos de sábado, então apenas sorri e os agradeci gentilmente.

TERÇA-FEIRA, 15 DE MARÇO

Há rumores de que Theo está prestes a convidar Molly para sair!

Achei que fosse uma boa notícia, mas quando perguntei a Molly sobre isso, ela ficou estranha e sem jeito. Suspeito que tenha algo a ver com Amber, porque ela ficou agindo como guarda-costas de Molly, bloqueando o caminho do Theo sempre que ele ficava a cinco metros de distância dela.

A outra notícia é que consegui dar um jeito de usar meu cabelo de uma maneira que as pessoas não fiquem dizendo que meu brinco caiu. Eu basicamente fiz um rabo de cavalo baixo do lado direito! Genial. Pensei que estava parecendo muito culta e refinada… até Toby dizer que eu parecia: "Uma cabeça de bumbum!"

Honestamente, eu me preocupo com o futuro desse garoto.

Ainda assim, resolveu o problema! Ninguém me incomodou hoje.

QUARTA-FEIRA, 16 DE MARÇO

Os ensaios para a peça de *A Pequena Sereia* começaram hoje. Foi legal conhecer alguns dos outros membros do elenco.

O Príncipe Eric vai ser interpretado por um garoto chamado Asher e o Rei Tritão por um garoto chamado Josh. Ambos estão no oitavo ano, são bonitos e, agora que são protagonistas na peça, é como se tivessem sido catapultados para o estrelato da escola. Como você provavelmente pode imaginar, também estão superarrogantes.

Enfim, todos nós tivemos que repassar nossas principais canções e a Sra. Lane disse que eu estava ótima. Ela também disse que a música de fundo estaria bem alta, então que eu não me preocupasse se desafinasse um pouco — nenhum de nós é cantor profissional e a intenção é que seja divertido. Ahn... desrespeitoso, não?

Jess é fenomenal, sério. A Sra. Lane não mencionou nada sobre aumentar o volume da música de fundo para ela. Ela provavelmente poderia fazer a peça toda à capela.

Mas estou feliz com a minha canção, acho que combina muito bem com a minha voz. Vou ter que continuar praticando e praticando...

Molly, Amber e Poppy não tiveram muito o que fazer porque só vamos incorporar o coral de peixes nas músicas na semana que vem, então elas passaram o tempo todo puxando o saco de Josh e Asher. Foi bem constrangedor na verdade; Amber estava no chão praticamente lambendo os sapatos deles; a garota não tem vergonha nenhuma. Eu nunca agiria assim perto de um garoto. Hum-hum.

QUINTA-FEIRA, 17 DE MARÇO

17h25

Acho que Molly está brava comigo.

Estava chovendo na hora do almoço, então passamos o intervalo na sala. Jess e eu estávamos conversando sobre a peça e praticando algumas partes em que temos falas juntas.

De repente, Molly bufou e começou a arrumar suas coisas.

— Você está bem? — perguntei.

— Sem ofensa, pessoal, mas isso é muito chato para mim — ela respondeu, ficando de pé.

— Desculpe... não queríamos deixar você de fora... — disse Jess.

— Eu sei, mas vocês poderiam ser mais compreensivas... Parece que vocês estão esfregando isso na minha cara.

Fiquei tão chocada que não sabia o que dizer.

Do outro lado da sala, notei que, de repente, Amber estava prestando atenção na gente.

— Vem pra cá, Molly. Estamos fazendo uma lista dos dez garotos mais bonitos da escola... é muito mais divertido do que essas coisas chatas da peça.

Molly sorriu, cruzou a sala e sentou-se com ela e Poppy. Jess e eu tentamos continuar ensaiando, mas era realmente difícil não se distrair com a risadas das três.

Estou muito magoada agora e não sei como resolver isso. Talvez devêssemos ter sido um pouco mais sensíveis aos sentimentos de Molly, mas, da mesma maneira, por que ela não pode ficar feliz por mim e pela Jess? Não é culpa nossa que conseguimos os papéis... é?!

Acho que girei demais meu brinco. Ele começou a ficar dolorido e nojento, então eu o tirei e agora não aguento a dor de colocá-lo de volta.

Está me causando muito estresse. Além de todas as outras coisas que estão acontecendo na minha vida...

COISAS COM AS QUAIS TENHO QUE ME PREOCUPAR:

* Orelha suja;

* Ainda preciso furar a outra orelha (possível risco de vida);

* ~~Pensamentos horríveis de Marnie e Daniel se beijando;~~

* Na verdade, risquei esse porque continuo esquecendo que eu não me importo;

* Molly me trocando (sua suposta melhor amiga!) pela Amber;

* Irmãos muito barulhentos e irritantes (também se aplica aos pais);

* Falta de dinheiro devido a níveis mínimos de mesada;

* Minha apresentação ao vivo como crustáceo cantor;

* Minha falta de puberdade (além de um fraco odor corporal!);

* Pressão para aprender coisas em aulas chatas em vez de apenas sonhar acordada;

* Dever de casa chato;

* Cabelo chato;

* Vida chata;

* Absolutamente tudo ser chato.

SEXTA-FEIRA, 18 DE MARÇO

7h12

TRAGO NOTÍCIAS!!

Talvez fazer essa lista de reclamações tenha ajudado porque as coisas finalmente começaram a acontecer no... ahn, departamento de seios!

Desculpe se isso for informação demais, mas essa manhã quando coloquei meu sutiã, percebi que ele estava um pouco apertado e, com certeza, quando me virei de lado diante do espelho havia uma protuberância. Ou duas, para ser mais exata. Quer dizer, mal dava pra ver, mas definitivamente era uma mudança.

Dei de cara com a mamãe no caminho para o banheiro.

— Lottie, você está bem? Parece que viu um fantasma — ela comentou.

— Não, não é nada disso... eu acho que... acho que...

Ela me olhou preocupada.

— Você teve outro pesadelo com esquilos que latem, situações espinhosas ou garotos com bicos que querem te beijar?

— Não. Eu só acordei e notei que meus... ahn... acho que...

— Porque eu pessoalmente nunca ouvi um esquilo latir, normalmente eles são muito tímidos e eu não acho que a maioria dos garotos têm...

— Eu NÃO estou falando sobre esquilos ou bicos, mãe, estou falando sobre meus seios!

— **AH, QUERIDA, O QUE TEM DE ERRADO COM SEUS SEIOS?**

— Mãe, xiiiu... não tem nada de errado com eles. Eles só estão finalmente começando a crescer um pouco... eu acho.

— Ah, meu amor! Você está bem? Eu lembro que quando os meus botões começaram a crescer eram muito sensíveis no início. E, nossa, todos aqueles hormônios em ação me deixaram muito confusa e irritada!

— Mãããããããe, fale baixo! Papai ou Toby podem ouvir. Além disso, você está sendo superconstrangedora!

Sério, botões?!? Eu não sei por que conto essas coisas para minha mãe. Ela sempre age como se fosse algo MUITO importante. Acho que até é, mas não quero que a rua toda fique sabendo disso, né?

Porém, ela disse uma coisa boa: em algumas semanas, poderíamos ir tirar minhas medidas para ver se eu precisava de um novo sutiã! *UHUL!*

7h18

Estou um pouco preocupada com o fato da protuberância da esquerda ser ligeiramente maior do que a da direita. Isso é normal?

7h22

Na verdade, acho que a protuberância da direita é ligeiramente maior do que a da esquerda!

$\boxed{\text{7h25}}$

Não posso ir para a escola com seios irregulares. O que vou fazer?!??!

$\boxed{\text{7h33}}$

Pesquisei no Google e aparentemente seios com diferentes tamanhos é totalmente normal — ufa!

$\boxed{\text{18h22}}$

Esse foi o jantar mais horrível da história de todos os jantares.

Imagine a cena: estamos todos sentados ao redor da mesa comendo a famosa torta de carne da mamãe (famosa por ser quase intragável) e conversando educadamente sobre nosso dia.

Você conhece o protocolo, coisas como:

Como foi seu dia? Bom.

Como foi na escola? Bem.

Como estão seus amigos? Bem.

Aprendeu algo de interessante? Não.

Etc., etc.

Então Toby diz do nada:

— Fiquei sabendo de algo interessante que aconteceu!

— Ah, é, Toby, que ótimo! Vamos ouvir sobre isso então — disse papai.

E ele anuncia...

Eu olhei para o meu prato, um rubor vermelho subindo pelo meu pescoço. Enquanto isso, papai começou a se engasgar com sua torta. Como eu disse: a massa parece cimento!

— Ah, bom, Toby, isso é, ahn... um pouco... isso é pessoal e não é algo que Lottie gostaria de discutir na mesa de jantar — disse mamãe, tentando acabar com o silêncio constrangedor.

E ele continuou:

— Por que não?

Sério, quem foram as pessoas que inventaram irmãos mais novos? Porque quero trocar algumas palavrinhas com elas!

— Porque é um assunto particular, Toby! Agora peça desculpas à sua irmã — pediu ela.

— Tá bem. Me desculpe por seus seios estarem crescendo, Lottie!

ÓTIMO. SIMPLESMENTE ÓTIMO.

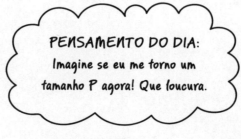

SÁBADO, 19 DE MARÇO

Hoje as garotas vieram aqui depois da escola. Jess e eu decidimos pegar os Sylvanians e inventar algumas ideias malucas de filmes com eles. A melhor das ideias foi a que se chamava *O Ataque da Família de Ouriços Assassinos*.

Eu estava rindo tanto na cena em que a Sra. Fofinha foi *acidentalmente* atropelada pelo ônibus escolar que quase fiz xixi nas calças. Quando Jess fez o Sr. e a Sra. Picles atacarem a Sra. Fofinha com uma frigideira em miniatura, caímos na gargalhada.

— Eu não acredito que vocês duas ainda brincam com essas coisas — disse Molly, suspirando. Ela estava sentada na minha cama, mexendo no celular.

— Não estamos brincando com eles... Estamos apenas nos divertindo — eu disse de maneira defensiva.

— Você deveria participar — disse Jess, erguendo Petúnia Picles para Molly. Mas ela apenas revirou os olhos sem desviar o olhar da tela.

— O que você está fazendo, afinal? — perguntei, tentando envolvê-la na conversa.

— Ah, mandando mensagem para a Amber... ela quer chamar Josh e Asher para um encontro duplo.

Então, mesmo quando estava na minha casa, com a gente, ela na verdade estava conversando com a Amber. Quer dizer, tudo bem, talvez Jess e eu estivéssemos sendo um pouco imaturas, mas, pelo menos, estávamos tentando nos divertir. É melhor do que apenas ficar sentada olhando para o celular o tempo todo, não?

— Achei que você gostasse do Theo? — eu disse.

— Não. Não mais...

— Desde quando?

— Bom... Amber acha que garotos do sétimo ano são **MUITO** jovens para nós.

— Ah, sim...

Olhei para minhas duas melhores amigas e, de repente, percebi como elas eram diferentes. Eu tenho Jess, que é engraçada, brincalhona e ainda gosta das Famílias Sylvanians, e tenho Molly, que é legal, confiante e está planejando um encontro DE **VERDADE** com um garoto do oitavo ano.

E então tem eu: presa em algum lugar do meio, tentando preencher essa lacuna. Em dias como hoje, a lacuna parece maior do que nunca e talvez, em breve, seja impossível para nós continuarmos a nadar na mesma direção.

— Vamos, Lottie — disse Jess. — Finley Fofinho está perigosamente perto de ter suas orelhas arrancadas com uma serra elétrica!

Eu sorri e peguei Finley Fofinho, fingindo que o fazia correr e se esconder na casa da árvore da Família de Ouriços Assassina. Mas o que Molly disse jogou um balde de água fria em tudo, e a brincadeira não parecia mais a mesma.

DOMINGO, 20 DE MARÇO

Péssima notícia.

Minha orelha já está quase cicatrizada.

SEGUNDA-FEIRA, 21 DE MARÇO

Hoje tivemos mais ensaios.

Acho que cantei bem, mas a Sra. Lane disse:

— Parece bom, Lottie, mas não estou sentindo uma energia de caranguejo em você. Podemos começar de novo? E, dessa vez, tente me dar um pouco mais de potência caranguejeira!

Potência caranguejeira?!

Do que diabos ela está falando??

Fiz tudo de novo, mas meio que me agachei para parecer maior, estendi os braços para o lado e fiz movimentos de pinça com as mãos. Isso fez com que ficasse difícil de cantar e, para ser honesta, eu me senti ridícula, mas a Sra. Lane disse:

— Excelente trabalho, Lottie. Foi um grande avanço!

Que loucura.

TERÇA-FEIRA, 22 DE MARÇO

Puxa. Bom, tudo está pegando fogo na arena da puberdade! Se a puberdade fosse uma arena, o que, ahn... não é.

Molly ficou menstruada.

Estávamos na aula de matemática, a última aula do dia, e eu estava tentando resolver uma questão particularmente complicada...

QUESTÃO 4: $2x + 21 = 4x + 5$

Qual o valor de X?

RESPOSTA:

Quem se importa? Por que eu precisaria saber disso?!

Molly estava sentada a algumas carteiras de mim e quando ergueu a mão, eu pensei que ela iria pedir ajuda.

Mas, em vez disso, ela apenas disse:

— Me desculpe, senhor, mas eu não me sinto bem.

O Sr. Peters ergueu o olhar e concordou que ela parecia um pouco pálida. Então pediu que alguém se voluntariasse para acompanhar Molly até a enfermaria.

— *AH! EU, EU, EU!* — disse Amber, praticamente saltando da cadeira como aqueles brinquedos que saltam das caixas.

As duas saíram juntas e a aula se arrastou de uma maneira interminável. Olhei para o relógio e só faltava cinco minutos para o fim das aulas e elas ainda não tinham voltado. Jess e eu estávamos ficando preocupadas achando que Molly estivesse muito doente ou algo assim, então depois que a aula **FINALMENTE** terminou, fomos investigar.

Encontramos Molly e Amber na enfermaria.

Molly ainda estava muito pálida, mas tentava sorrir. Quando Amber nos viu chegando, ela deu um forte abraço dramático em Molly e assim que nos aproximamos a ponto de conseguir ouvi-la, ela disse:

— Não me agradeça, é para isso que os amigos existem!

— O que está acontecendo? Você está bem? — eu perguntei.

— Sim, estou bem — Molly respondeu baixinho, acenando para que nos aproximássemos. — Ela veio, só isso.

— ELA?! — exclamei.

— Minha menstruação — sussurrou ela.

— *AI, MEU DEUS!* — eu gritei.

— Ei, Lottie, acalme-se — disse Amber num tom muito paternalista. — Não acho que a Molly quer anunciar isso para a escola **TODA**.

— Me desculpe — respondi, sentindo-me um pouco estúpida.

Depois de deixarmos a Jess em casa, Molly perguntou se eu gostaria de ir para sua casa jantar. Acho que ela estava um pouco ansiosa em contar para a mãe, Ellie, sobre a menstruação e achou melhor que eu estivesse lá também. Nossas mães são muito semelhantes nesse aspecto, pois tendem a ficar empolgadas demais e começam a falar sem parar sobre a temida *jornada rumo a ser mulher*!

Mas Molly não precisava ter se preocupado, pois ela contou tudo assim que entramos pela porta e sua mãe foi ótima. Ela lhe deu um abraço também e então as duas subiram as escadas para conversar um pouco enquanto eu assistia TV.

Quando elas voltaram, nós nos sentamos na mesa da cozinha e Ellie fez chocolate quente.

— Estou muito feliz por você estar lá com ela quando isso aconteceu, Lottie — disse Ellie.

— Ahn, eu...

— Não foi Molly que me ajudou, mãe. Foi uma nova amiga chamada Amber.

— Ah, bom, estou feliz que você já tem uma nova amiga tão adorável, Mol. Parece que Amber cuidou muito bem de você...

— Sim, ela realmente cuidou.

Eu sorri para as duas, mas, por dentro, fiquei muito triste por não estar lá ajudando Molly quando ela realmente precisou de mim. Pior ainda, a pessoa que estava lá era sua nova melhor amiga, Amber.

QUARTA-FEIRA, 23 DE MARÇO

Amber nos convidou para patinar no sábado à noite. Bom, para ser honesta, ela convidou Molly, que me convidou, e eu convidei Jess.

Tentei dizer não porque patinar não é muito minha praia, mas Molly disse que uma Noite de Garotas é exatamente o que eu preciso para me distrair de toda a situação Marnie e Daniel. (Por que as pessoas continuam dizendo isso? Quer dizer, eles poderiam ficar noivos amanhã, e eu nem piscaria.) Mas estou desesperada para recuperar nossa amizade, então eu disse sim. Não consigo me sentir confortável com isso porque:

1. Não sou boa patinando;

2. Quando digo que não sou boa, quero dizer **SOU PÉSSIMA**;

3. Molly é uma patinadora brilhante e aposto que Amber também será;

4. Como sempre, Amber provavelmente encontrará várias maneiras de me rebaixar e de fazer com que eu me sinta mal;

5. Jess disse que ela também é uma péssima patinadora, mas não poderá ir como minha aliada pois estará visitando sua tia Irie. **#quefase**

6. Como sempre, não tenho **NADA** para usar;

7. Eu prometi aos hamsters que teríamos uma noite da beleza no sábado e eu realmente não gosto de decepcioná-los em cima da hora.

QUINTA-FEIRA, 24 DE MARÇO

(16h25)

Meu Deus, estou com uma espinha. Calma, vou explicar melhor: a espinha que está comigo. Ela é absolutamente enorme!

Minha pele estava ótima ontem e assim que sentiu o cheiro de um evento ficou: **HA HA HA**, *tome aqui uma espinha astronômica para arruinar todos os seus planos*! Como isso é justo?

Por que nunca tenho um momento de folga?

(18h28)

Acabei de digitar "como se livrar de uma espinha" no Google e obtive 414 milhões de resultados!

Sério, como isso me ajuda?! Eu não tenho tempo para visitar os milhões de sites; as pessoas não podem apenas concordar sobre a melhor maneira de se livrar de uma espinha?! Até agora, li que preciso:

* Colocar pasta de dente;
* Colocar óleo de melaleuca;
* Colocar mel;
* Colocar suco de limão;
* Colocar gelo;
* Colocar um pano quente;
* Lavar meu rosto com mais frequência;
* Parar de lavar tanto o rosto;
* Espremê-la gentilmente;
* Nem pensar em espremê-la;
* Passar geleia no rosto e andar de costas três vezes ao redor do quarto enquanto cacarejo como uma galinha.

Quer dizer, talvez eu tenha inventado essa última, mas não ficaria surpresa se fosse uma sugestão real em algum lugar.

Decidi que a espinha precisava de um nome, então comecei a chamá-la de Bárbara.

Bárbara, o vulcão, está ameaçando entrar em erupção e cobrir todos em um raio de dezesseis quilômetros com um pus nojento.

Cuidado com o Monte Bárbara!

(19h37)

Fontes mais respeitáveis sugeriram que espremer acne não é uma boa ideia, então eu definitivamente não faria isso com Monte Bárbara.
No entanto, ela parece tão espremível…
Mas, como eu disse, eu definitivamente não farei isso.
Não.
Ahn-ahn.
Eu não.
Minhas mãos estão presas embaixo do meu bumbum.

(19h46)

OBS.: Talvez uma *espremida* tenha acontecido! Não foi culpa minha — meus dedos desenvolveram vontade própria.
A má notícia é que Monte Bárbara agora tomou conta do meu rosto todo. Sério, você mal consegue ver meu rosto, literalmente. Bom, acho que não literalmente, mas quase.
É uma pena que você não possa vê-la na vida real para que entenda o **VERDADEIRO HORROR**. Ah, espere aí, vou desenhar a situação.

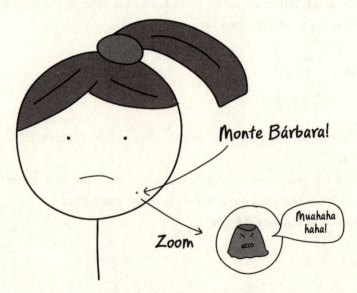

VIU? Eu disse que estava feio.

Acabei de me dar conta de que Monte Bárbara terá que me acompanhar à escola amanhã.

Aff. Talvez eu possa usar uma sacola de papel na cabeça durante o dia?

20h31

Cobri o rosto todo com mel. E pasta de dente. E um pouco de geleia, o que pode dar errado? Agora vou ter que dormir de costas e não posso mexer um músculo.

Talvez eu tenha andado para trás igual uma galinha também, mas, xiiiiu, não conte a ninguém.

SEXTA-FEIRA, 25 DE MARÇO

Tive uma pequena emergência hoje cedo.

NÃO... eu repito, **NÃO APLIQUE** uma mistura de mel, pasta de dente e geleia no seu rosto antes de dormir.

Acordei grudada no travesseiro. Demorou horrores para me libertar. As sobrancelhas foram particularmente dolorosas.

A pior parte de tudo isso foi que fiz todo esse esforço e Monte Bárbara ainda estava lá. Na verdade, acho que ela parece ainda mais irritada. Talvez ela não goste de ficar coberta de mel, pasta de dente e geleia.

De jeito **NENHUM** eu vou para a escola assim. Meu cabelo está fedendo.

7h47

Falei para mamãe que estava me sentindo péssima e que não poderia ir para a escola. Ela perguntou qual era o problema e, pra obter o máximo de simpatia, decidi arriscar.

— Acho que estou com a peste bubônica.

Ela disse:

— Ah, bom, isso é conveniente, porque o carrinho da morte vai passar essa tarde, então a jogaremos lá dentro se você não for à escola.

— Estou falando sério, mãe. Não posso ir à escola. Você viu meu rosto?!

— Sim, eu o vejo todos os dias. É como um lindo raio-do-sol.

— O quê? Até mesmo quando está tomado por uma erupção vulcânica gigante?

— Lottie, eu mal consigo ver essa chamada erupção vulcânica gigante e você com certeza não é a primeira adolescente no mundo a ter uma espinha. Agora pare de ser ridícula e vá se vestir!

Aff. Parece que eu e Monte Bárbara nos exibiremos na escola.

16h27

A primeira coisa que Amber me disse foi:

— **AH, MEU DEUS, LOTTIE!** Pobrezinha. Deve ser horrível ter uma pele ruim. Por sorte, eu fui abençoada com os bons genes familiares nesse quesito.

Ah, cala a boca, Amber!

Passei a maior parte do dia sentada com minha cabeça entre as mãos tentando esconder Monte Bárbara.

Depois da escola, pedi à mamãe que me levasse para comprar um creme para espinhas. Papai ainda estava trabalhando e ela não estava muito ansiosa para arrastar Bella e Toby para fazer compras na hora do jantar, mas não acho que ela entendeu totalmente a gravidade da situação!

Ok, não foi o passeio mais fácil... Bella gritou o tempo todo na ida e na volta, o que foi muito irritante, e Toby levou bronca do segurança da loja por escorregar de joelho nos corredores. Ficamos com tanta vergonha que eu e mamãe decidimos fingir que não o conhecíamos!

Por sorte, valeu a pena, porque encontrei um creme que promete limpar a pele em quatro horas. Acabei de colocar um pouco no Monte Bárbara. Torça por mim para que funcione!

Não funcionou! Como eles se safam fazendo propaganda desse tipo de coisa se não é verdade?!

É como aquele desodorante de setenta e duas horas que eu comprei que prometia que eu só precisaria tomar banho a cada três dias. Pura mentira.

SÁBADO, 26 DE MARÇO

Atualização sobre o Monte Bárbara: ainda está aqui. E parece pior.

Mamãe disse que minha dieta restritiva de pizza marguerita, nuggets, miojo, salgadinhos e chocolate, provavelmente não está ajudando. Talvez ela tenha razão. Eu fiz uma pesquisa e aparentemente comidas *ricas em proteína* fazem bem para a pele. Isso inclui:

* Frango;
* Peixe;
* Feijão-roxo;
* Iogurte natural magro;
* Ovos;
* Sementes de chia.

Então, sendo a filha superprestativa que sou, disse a mamãe e papai que se sentassem enquanto eu fazia o almoço de todo mundo — e eles ficaram muito comovidos!

Mexi nos armários e encontrei a *maioria* dos ingredientes, com algumas substituições.

Primeiro, coloquei algumas tirinhas de frango em uma panela grande e liguei o fogão. O pacote dizia para assá-los no forno, mas tinha certeza de que assim também funcionaria. Em seguida, adicionei uma lata de atum, para cobrir a parte do peixe. (Talvez eu devesse ter tirado a salmoura antes, mas fazer o quê.) Não tínhamos feijão-roxo, então usei feijão-carioca, que é muito mais gostoso. Não encontrei nenhum iogurte natural, seja lá o que for isso, mas tínhamos outro iogurte (com flocos de chocolate

— nhami!) e cinco danoninhos, então coloquei todos na panela também. Depois, dei uma bela mexida em tudo.

Mamãe gritou:

— Ahn, Lottie, queria saber o que você está fazendo, pois tem um... ahn... cheiro interessante!

— Ah, não se preocupe, mãe, é uma surpresa. Ficará delicioso, eu prometo!

Huuuum, pensei. *O que vem agora? Ahá! Ovos.*

Não sei se os ovos deveriam ser fritos, cozidos ou escaldados, então eu os joguei direto na mistura. O ingrediente final era semente de chia, mas pelo visto também não tínhamos. A única coisa que se aproximava disso era sementes de girassol, que dávamos aos hamsters, e um saco de amendoins torrados. Não consegui decidir qual seria melhor, então coloquei os dois.

ADORÁVEL!

Eu cozinhei por mais alguns minutos e, depois, servi tudo em pratos e chamei todo mundo para comer. Era a primeira vez que eu preparava uma refeição caseira adequada para minha família, então estava me sentindo muito orgulhosa.

— Ah... hum... parece... bom? — disse papai.

— O que...ahn... é isso? — perguntou mamãe.

— Eu chamo de Fim da Bárbara!

E dá pra acreditar? Eles foram muito rudes a respeito do meu esforço! Papai e mamãe deram as menores garfadas que já vi e depois fizeram caretas como se estivessem sentindo dor física. Sério, eles podiam ter pelo menos fingido que gostaram.

Então, eu experimentei!

Minha nossa, que nojo!

Infelizmente, parece que as tirinhas de frango ainda estavam congeladas porque precisavam ser cozidas por mais de cinco minutos. Ops.

Mas não acho que esse era o único problema. Atum, iogurte e feijão cozido é um gosto que precisa ser adquirido.

Toby foi o que mais comeu. Ele disse que gostou muito das tirinhas de frango congeladas cobertas com iogurte de flocos de chocolate.

Ele é um garoto muito, muito estranho.

15h34

Grupo de WhatsApp das Rainhas do Sétimo Verde:

AMBER: Oi, meninas, Molly já está aqui em casa, então nos encontraremos do lado de fora do centro de lazer às 18h30, ok? Estamos ansiosas para patinar mais tarde. Bjos

EU: Claro, ok. O que vocês vão vestir?

MOLLY: Ainda não sabemos, nada de especial. Bjos

AMBER: É, algo simples.

POPPY: Legal. Vai ser calça de moletom então! Vejo vocês lá. Bjos

JESS: Queria ir. Divirtam-se, garotas! Bjoss

Então Molly e Amber estão juntas na casa da Amber. É difícil não ficar chateada, mas não consigo evitar. Por que as duas ficam se reunindo sem o restante de nós? E parece que Poppy também não está com elas.

17h55

Você não vai acreditar na minha sorte!

Às vezes, mamãe deixa Bella sem roupas por dez minutos ou mais para que a pele dela possa respirar. Isso se chama Como Vim ao Mundo. Disse à mamãe que esperava que ela não tivesse feito isso comigo quando eu era mais nova, e ela respondeu que eu andei quase que totalmente nua até os quatro anos de idade. Isso não é algo que eu gostaria de saber, além disso, por que ela não insistiu que eu colocasse roupas, pelo amor de Deus?

Enfim, durante o Como Vim ao Mundo de hoje, Bella decidiu que precisava fazer cocô. Você já viu o cocô de um recém-nascido? Parece mostarda e é todo pastoso, mas o pior é que Bella pode lançá-lo de seu bumbum a 95 km/h.

Então, lá estava eu, pronta para sair, vestindo minha calça de moletom e minha camiseta mais apresentáveis e fazendo cócegas em sua barriguinha fofa para que ela sorrisse e BUM...

Eu estava totalmente furiosa e posso ter descontado na mamãe...

— A Bella acabou de fazer cocô na minha roupa e agora eu não tenho nada para usar, porque parece que ninguém mais lava roupa!

Ela perdeu a cabeça.

— Pelo amor de Deus, Lottie, o mundo não gira ao seu redor! Você não consegue ver como estou dando duro, tentando manter a casa limpa e vocês alimentados? Te mataria lavar sua própria roupa pra variar?

Então eu cometi um grande erro: dei um suspiro dramático.

Mamãe pareceu prestes a chorar e saiu correndo da sala. Acho que eu preferia que ela continuasse gritando comigo.

Não tive tempo de pedir desculpas, pois já estava atrasada. Corri até meu quarto e peguei a coisa menos nojenta no cesto de roupa suja. Fiquei com medo do que Amber diria, mas pelo menos éramos só nós, garotas.

20h47

Acabei de chegar em casa. Foi péssimo. Tudo que podia dar errado, deu errado.

Papai me deixou no lado de fora do centro de lazer Rei Alfred, Molly e Amber já estavam esperando. Ao me aproximar delas, meu coração afundou. Elas não estavam "super simples" como Amber tinha dito, pelo contrário, parecia que nem haviam se esforçado para parecer descoladas em seus jeans e croppeds.

Eu estava acostumada a ver Amber parecer incrível 24 horas por dia, sete dias por semana, mas nunca tinha visto Molly tão linda antes. Era quase como se eu estivesse olhando para uma pessoa diferente. Seu cabelo estava ondulado como os de modelos de revista, e sua maquiagem estava impecável. Ela usava um batom cor de pêssego que ficava lindo em contraste com sua pele clara, e um delineador perfeito.

Olhei para minha camiseta amassada (com uma mancha suspeita, talvez fosse molho agridoce?!) e meu moletom desbotado, e meu coração se partiu. Especialmente quando me lembrei do Monte Bárbara (que nenhuma quantidade de corretivo cobriria).

Elas parecendo modelos

Eu parecendo que dormi numa lixeira

Pelo menos eu não era a única. Quando Poppy apareceu, ficou claro que ela também não tinha recebido o memorando. Acho que parecíamos chateadas, porque Molly se virou para Amber e disse:

— Achei que você tinha mandado mensagem para elas avisando que tínhamos decidido abandonar a ideia de usar moletom.

Amber fez uma cara de coitadinha e tirou o celular da bolsa.

— Ah, não! — disse ela, mostrando-o para Molly. — Veja, aqui está a mensagem. Eu a digitei, mas devo ter me distraído e não apertei o botão para enviar.

— Sinto muito, pessoal — disse Molly. — Foi coisa de última hora. Amber disse que faria meu cabelo e maquiagem, mas pareceu meio bobo com calça de moletom, então eu peguei uma calça emprestada... e um cropped...

— Ah... eu tambééééém — disse Amber. — Enfim, vocês estão... ahn... fabulosas. E não importa o que estamos usando, pois estamos aqui para nos divertir, não é?

Eu murmurei um *é*, mas por dentro estava muito brava com elas. Eu não estava *fabulosa*. Estava horrível. Parecia que duas adolescentes descoladas estavam levando suas irmãs de nove anos para passear.

Como previsto, eu era a pior patinadora do local **TODO**. Então, enquanto os outros patinavam ao redor da quadra como profissionais, eu estava presa, indo superdevagar perto dos limites da quadra e balançando meus braços para tentar não cair.

Acho que as coisas não podem piorar? **ERRADO**.

Josh e Asher chegaram e, de repente, Molly e Amber perderam a cabeça e entraram no modo de MEGA flerte. Aparentemente foi uma *supercoincidência* eles estarem ali, embora eu suspeite muito de que Amber tenha planejado isso desde o início. Lá se vai a Noite das Garotas, hein?

Não demorou muito para que Asher e Amber e Molly e Josh começassem a patinar de mãos dadas e fiquei me sentindo uma verdadeira vela. Por que elas me arrastaram para esse estranho encontro duplo? Foi só para esfregá-lo na minha cara?

Meus pés estavam me matando, então fui me sentar. Não que Molly tenha percebido. Devo ter ficado ali sozinha por uns quinze minutos. Por fim (e provavelmente porque sentiram pena de mim), Molly e Josh se aproximaram, pegaram minha mão e disseram que eu deveria patinar com eles, o que, de certa maneira, fez com que eu me sentisse uma perdedora ainda maior.

Mas eles começaram a ir muito rápido para o meu nível, então acabei perdendo o equilíbrio, voando pela quadra e caindo feio de bumbum na frente de todo mundo. A pior parte foi que machucou muito, mas eu não queria que eles me vissem chorando, então tive que fingir que estava bem e que tinha achado muito engraçado.

Lottie fez cabum e machucou feio o bumbum!

A essa altura, eu já estava cansada, então estava prestes a ligar para o meu pai e pedir que ele viesse me buscar mais cedo. Mas, como uma salvadora da pátria, Jess apareceu!

— O que você está fazendo aqui? — perguntei.

— Voltamos cedo da casa da Tia Irie, então pensei em vir e fazer uma surpresa. — Ela me ajudou a ficar de pé e eu pisquei para parar de chorar. Depois, ela me perguntou: — Por que Poppy está sentada sozinha ali?

Eu tinha esquecido completamente de Poppy e me senti péssima ao pensar que ela estava sentada sozinha assim como eu.

— Acho que ela também foi abandonada...

Patinamos (muito mal) até Poppy, e Jess sorriu para ela e pegou sua mão.

— Vamos! Se isso é uma pista de dança, por que não estamos dançando?!

Passamos o resto da noite patinando e fazendo danças péssimas (mas hilárias); Jess nem parecia se importar com o fato de ser ruim. Quando começaram a tocar Justin Bieber, ficamos completamente loucas!

Molly e Amber e os garotos, no geral, ficaram sentados no canto da quadra conversando; às vezes eles olhavam em nossa direção e riam. Talvez estivessem conversando sobre como estávamos sendo bobas, mas pelo menos estávamos nos divertindo! Então, quando chegou a hora de irmos embora e estávamos esperando Ellie vir nos buscar, tudo o que Molly e Amber sabiam falar era sobre como Asher e Josh eram lindos e encantadores. Era como se eu, Jess e Poppy fôssemos invisíveis.

Fui direto para o meu quarto quando cheguei em casa. Mamãe e papai estavam ocupados com Toby e Bella e ninguém veio me perguntar como tinha sido minha noite. Sinto que estou sendo deixada de lado. Sinto que estou perdendo minha melhor amiga e parece que não há nada que eu possa fazer para evitar isso.

DOMINGO, 27 DE MARÇO

(8h32)

Acordei com Toby batendo na minha porta como se a casa estivesse pegando fogo.

— Lottie, acorde! Mamãe está furiosa!

— O que foi?... Qual é o problema?!

Ele me segurou pelos ombros e começou a me chacoalhar.

— É Dia das Mães!

AI. MEU. DEUS.

Sim, querido leitor, tínhamos nos esquecido completamente disso.

— Ela pensou que tínhamos esquecido...

— Nós esquecemos...

— Sim, mas eu não queria que ela soubesse que tínhamos esquecido... então eu disse a ela que estava esperando você acordar porque tínhamos um presente coletivo **REALMENTE ÓTIMO**. Ela levou Bella para dar uma volta e papai ainda está dormindo, então temos que encontrar algo para ela AGORA ou então ela ficará furiosa!

— Ok, não entre em pânico, irmãozinho. Vamos bolar um plano. Vamos dar uma olhada pela casa, tem que haver algo que dê para dar de presente para a mamãe por aqui.

— Ok, irmã, vamos lá.

— E Toby...

— Sim?

— Você pode parar de me chacoalhar agora.

— Ok.

8h55

Nos reunimos com nossos potenciais presentes. Isso é o que temos:

* Uma lata quase cheia de desodorante (usada de 3 a 5 vezes);
* Uma bolinha de massinha adesiva;
* Um braquiossauro inflável;
* Uma nova esponja de lavar louça;
* Uma lata de abacaxi em pedaços;
* Uma garrafa de seu próprio vinho;
* Metade de um pacote de balas de menta;
* Cinco munições de nerf;
* Uma pedra (ideia do Toby, óbvio; aparentemente é uma pedra boa. Por quê?!);
* ~~KitKat Chunky~~ (provavelmente a melhor opção até que eu acidentalmente o comi – OPS!).

Hum... não estou muito confiante de que alguma das nossas ideias de presente dará conta do recado, para ser honesta... Toby diz que ele ainda tem outra ideia, então aguente firme!

Ok, a ideia de Toby foi baseada em algo que eles fizeram na escola para o Dia Mundial do Livro, em que tinham que fazer uma batata parecida com seu personagem favorito de um livro. Ele pensou que deveríamos fazer uma para mamãe porque mostraria que havíamos nos esforçado pelo presente. Na falta de uma ideia melhor, eu concordei. Usamos lã amarela para os cabelos, fósforos para os braços e as pernas, olhinhos de plástico e completamos o look com um lindo batom vermelho cereja. Esse foi o resultado...

Não acho que mamãe gostou. Ela chorou quando viu a versão batata dela mesma. Não tenho certeza se eram lágrimas de felicidade ou lágrimas de desespero!

Eu culpo o Toby. No último segundo ele decidiu que seria divertido (?!) acender os braços e as pernas da Mamãe Batata!

Os fósforos acabaram colocando fogo no cabelo de lã, então papai agarrou a Mamãe Batata e a jogou na pia. E esse foi o fim de tudo.

11h48

Conversa de WhatsApp com Molly:

MOLLY: Vc tá bem? Sinto muito sobre a confusão dos looks ontem. Amber realmente achou que tinha mandado mensagem sobre a mudança de planos.

EU: Sim, estou bem. Acho que fiquei um pouco chateada porque você acabou passando todo o tempo com os garotos.

MOLLY: Nós não sabíamos que eles estariam lá, Lottie. Não foi culpa nossa e eu tentei fazer com que você patinasse com a gente. Você também poderia ter se esforçado um pouco.

EU: Você me deixou sozinha por muito tempo!

MOLLY: Não deveríamos ter que tomar conta de você! Às vezes parece que só porque as coisas não funcionaram entre você e o Daniel, você não quer que ninguém tenha um namorado.

EU: Isso não é verdade. Não acredito que os garotos apenas *apareceram* lá. Amber obviamente planejou tudo!

MOLLY: Isso é ridículo! Você tem que parar de sentir tanto ciúmes da Amber.

EU: Não estou com ciúmes. Mas deveria ser uma noite das garotas...

MOLLY: Bom, sem querer ofender, mas dançar Justin Bieber não é nossa praia.

EU: Você costumava amar JB!

MOLLY: Sim, costumava. Mas estamos no sétimo ano agora, e as coisas são diferentes.

Minhas bochechas coraram e não consegui segurar o choro. Nunca havíamos discutido assim antes. Tudo o que me preocupava estava se tornando realidade.

(15h25)

Tentei conversar com a mamãe sobre Molly, mas ela disse que não tinha tempo para os meus *dramas adolescentes* hoje. Eu disse que achava que no Dia das Mães ela gostaria de passar um tempo de qualidade com seus filhos maravilhosos. Ela respondeu que estava mais interessada em passar um tempo de qualidade **SOZINHA** em um quarto escuro.

Todo o esforço que colocamos em seu presente feito à mão, e é assim que ela agradece. Que ingrata.

> **PENSAMENTO DO DIA:**
> Se as mães têm um Dia das Mães e os pais têm um Dia dos Pais, por que os filhos não têm um Dia dos Filhos?! Parece totalmente injusto para mim. ☹

TERÇA-FEIRA, 29 DE MARÇO

Os últimos dias foram difíceis. Papai parece cansado, mamãe ainda está chateada por causa da #situaçãomamãebatataemchamas, Toby está tendo pesadelos em que a Mamãe Batata volta e queima a casa toda, e embora Molly e eu tenhamos basicamente fingido que nossa conversa no WhatsApp nunca aconteceu... há uma divisão óbvia no grupo agora.

Molly e Amber de um lado e eu e Jess de outro. Poppy parece estar em algum lugar no meio, talvez ela sinta que está perdendo sua melhor amiga também?

Tentei conversar casualmente sobre isso com Molly algumas vezes, mas sempre que insinuo que Amber está tentando criar uma barreira entre nós, ela apenas diz algo como: "Na verdade, ela é uma ótima amiga. Se você tirasse um tempo para conhecê-la melhor, você entenderia. Além disso, é ótimo ter alguém com quem conversar que realmente entenda o que eu estou passando".

Ai.

QUARTA-FEIRA, 30 DE MARÇO

Estávamos ensaiando hoje a cena do casamento em que Ariel se casa com o príncipe Eric. Ou, se você preferir, Jess se casa com Asher! Como você pode imaginar, Amber estava fervilhando de ciúmes nos bastidores e desejando que fosse ela e Asher.

Jess, no entanto, parecia estranhamente desconfortável.

— Está tudo bem, Jess? — perguntou a Sra. Lane.

— Para ser honesta, não gosto dessa cena porque não entendo o motivo de Ariel se casar com um cara que ela acabou de conhecer, quer dizer, isso realmente aconteceria? Eu com certeza não casaria com alguém só porque ele é um príncipe rico e bonito. E se ele fosse superchato?

— É uma ótima questão, Jess, então qual a sua sugestão?

— Bom, estava pensando que talvez pudéssemos terminar a peça com eles indo em um encontro ou algo assim?

— Eu adorei a ideia! Alguém tem alguma ideia de onde poderíamos ambientar a cena do primeiro encontro deles?

— Eu tenho, professora! — respondi. — O Centro de Vida Marinha.

Eu estava brincando, na verdade, mas a Sra. Lane decidiu que seria o cenário perfeito para o grande final.

QUINTA-FEIRA, 31 DE MARÇO

Estou TÃO aliviada. Decidi dar o primeiro passo e estou muito feliz por isso.

> **EU**: Ei, você, eu odeio sentir que as coisas estão estranhas entre nós! Saudade. Bjos.

> **MOLLY**: Tô tão feliz que você mandou mensagem, eu também odeio isso! Que tal uma noite do pijama na minha casa no sábado? Será como nos velhos tempos! Bjoss

> **EU**: Sim para a noite do pijama. Eu adoraria. Mal posso esperar. Bjos

Um **GRANDE** alívio!

Desci correndo as escadas para contar o plano aos meus pais. Encontrei-os bebendo café na cozinha. Acho que eles tiveram outra noite difícil com a ladra do sono, mais conhecida como Bella.

— Molly me convidou para uma noite do pijama no sábado! — eu anunciei.

Papai pareceu um pouco desapontado.

— Ah... é que mamãe e eu estávamos pensando que talvez pudéssemos fazer algo juntos esse final de semana... boliche, talvez?

— Ou uma noite do filme aqui — disse mamãe.

— Sem ofensa, pessoal, mas acho que prefiro ver minha melhor amiga.

— OK... É que temos andado um pouco distraídos ultimamente e pensei que talvez um tempo de qualidade em família seria bom!?

— Ahn... é... claro, talvez outro dia.

Eu não queria ser maldosa, mas agora eu precisava de um *tempo de qualidade em família* tanto quanto precisava de um buraco na cabeça.

SEXTA-FEIRA, 1º DE ABRIL

Eu **AMO** o Dia da Mentira. É mentira. Eu odeio.

Irritantemente é o dia favorito do ano do meu irmão, e todo ano suas pegadinhas ficam cada vez mais ridículas. As desse ano incluíram:

* Colocar olhinhos de plástico em basicamente tudo da casa;

* Colocar um cocô falso no assento do vaso sanitário;

* Adicionar corante alimentar verde no leite;

* Colocar baratas de plástico no cereal;

* Colocar papel higiênico dentro do meu tênis;

* E colocar o conteúdo do meu estojo na gelatina!

Não me importei tanto com o último porque ele usou a de sabor morango, que é meu favorito, então comi a gelatina para libertar os lápis, a régua e a borracha. Estava gostoso, mas fez com que eu me atrasasse para a escola.

Quando eu finalmente entrei na sala, Sr. Peters estava na metade da chamada e todo mundo olhou para mim e caiu na gargalhada. Eu não fazia ideia de qual era o problema, então quando cheguei na minha carteira, tirei meu espelho portátil da minha mochila para checar... O pestinha tinha usado pasta de dente colorida e meus dentes pareciam pretos e podres!

SÁBADO, 2 DE ABRIL

17h33

ESTOU TÃO EMPOLGADA COM HOJE À NOITE!

A melhor coisa sobre as noites do pijama na Molly é que sou quase parte da família, então sinto como se fosse minha casa também (exceto pelo fato de todos os membros da sua família serem menos irritantes). Eu não preciso ficar com vergonha de levar todas as minhas coisas de perdedora porque posso ser eu mesma por lá. Isso é o que vou levar:

- Pijama de sushi amassado;
- Macacão de esquilo voador;
- Pantufas de unicórnio;
- Saco de dormir de coelhinho;
- Máscara facial de coala;
- Vários pacotes de salgadinho de cebola;
- MUITOS KitKat Chunkys;
- Teddy Um Olho Só.

Papai vai me deixar lá por volta das seis, então já vesti meu pijama, macacão e chinelo, assim não preciso perder tempo trocando de roupa quando chegar lá.

Ah, e só para informar, Teddy Um Olho Só é meu bichinho de pelúcia preferido. Eu o tenho desde o dia em que nasci.

23h15

Hunf. Estou em casa de novo. Nada saiu com planejado. NADA.

Papai me deixou lá e assim que passei pela porta, Molly me agarrou e sussurrou:

— Não fique brava, Lottie...

Eu imediatamente não gostei do rumo que essa conversa estava tomando.

— Amber me mandou mensagem mais cedo. Ela perguntou o que ia fazer hoje. E eu disse que ia ter uma noite do pijama com você e ela disse: 'Ah, que legal', mas ela parecia muito triste...

Não gostei nem um pouco disso.

— Então ela começou a chorar... Aparentemente os pais dela estavam em um casamento e ela ficaria sozinha o dia *TODO*...

Eu podia ver exatamente como isso iria terminar.

— Eu me senti TÃO mal por ela, que pensei que talvez pudesse convidá-la para se juntar a nós...

E eu pensei: *Por favor, diga que ela respondeu não!*

— ... e ela respondeu que adoraria!

Fantástico.

— Sei que vocês duas nem sempre se entendem, então comecei a pensar... talvez essa seja uma ótima oportunidade para vocês deixarem tudo isso para trás. Eu já conversei com Amber sobre isso e sei que ela adoraria que vocês pudessem começar de novo. Sinceramente, dê uma chance a ela, ela é tão adorável!

Eu disse:

— *TÃO ADORÁVEL QUANTO UMA SERRA ELÉTRICA!*

Exceto que eu não disse isso, porque não sou tão rude... e também seria ofensivo com as serras elétricas.

Só respondi:

— Ok, beleza.

— Ótimo. Fico feliz que você disse isso porque ela já está aqui.

Ah. Então ela não estava realmente pedindo minha permissão, estava?

Subimos até o quarto de Molly e Amber apareceu, parecendo toda inocente.

— Oi, Lottie! Eu realmente espero que você não se importe por eu ter invadido sua noite do pijama.

— Não, nenhum pouco — eu respondi com os dentes cerrados.

— Ah, nossa... eu amei seu macacão. Eu costumava ter um assim quando tinha seis anos.

Foi quando eu, de repente, percebi que elas estavam vestindo conjuntos de pijama quase idênticos e que eu estava vestida como um esquilo voador gigante.

(Fiquei muito satisfeita com o desenho acima que fiz do macacão, então pelo menos uma coisa boa aconteceu hoje à noite!)

Eu olhei para Molly.

— Por que você não está usando seu macacão de esquilo voador? — Tínhamos comprado versão iguais dele há três anos e usado em todas as noites do pijama desde então.

— Ahn... eu... devo ter esquecido na Austrália, eu acho — disse ela, envergonhada.

— Você o esqueceu?!

— Ele estava ficando pequeno, Lottie. Enfim, Amber comprou esse conjunto de pijama para me agradecer por recebê-la. Não é fofo?

— Sim, você está ótima. Talvez seja hora de aposentar os esquilos voadores mesmo. Acho que estamos ficando muito velhas para eles.

— Exatamente! Quer dizer... eles parecem *muito* infantis...

Comecei a tirar o macacão. Pensei comigo mesma: *Não deixe que isso a incomode.* E eu me esforcei muito, juro que sim, mas dali em diante a noite só piorou.

Veja, a Amber tem um jeito de assumir o controle das conversas e garantir que as coisas sempre saiam como ela deseja. Começou a ficar muito difícil de participar...

* Primeiro ela iniciou uma análise incrivelmente detalhada sobre os diferentes tipos de absorventes sanitários disponíveis e como lidar com cólicas. Toda vez que eu tentava dar algum conselho, ela dizia algo como: "Lottie, sem ofensa, mas não acho que você possa realmente entender até que isso aconteça com você".

* Quando chegou a hora de pedir pizza, ela disse que não gostava de pepperoni! **O QUÊ?!** Eu e Molly **SEMPRE** pedimos pizza de pepperoni. Amber não aceitou nem pedir meio a meio, caso o azeite do pepperoni vazasse para o seu lado! Então eu acabei pedindo uma pizza pequena e Molly concordou em dividir uma grande com ela. Sério, normalmente eu não me importaria em ter minha própria pizza, mas isso só me fez sentir como se eu estivesse em uma solitária festa da pizza para uma pessoa.

* Além disso... seus ingredientes favoritos eram presunto, abacaxi e cogumelo. Quer dizer, não me importo com o presunto, mas pessoas que gostam de colocar fruta na pizza precisam conversar com elas mesmas; e quanto aos cogumelos?! São obras do capiroto.

* Todo filme que eu sugeria, ela dizia que já tinha visto ou que *parecia muito ruim*, então acabamos assistindo *Crepúsculo* porque era seu favorito.

* Quando o filme terminou, elas conversaram sobre como seria divertido se Molly ficasse com Asher e Amber com Josh e como eles poderiam sair juntos em um encontro duplo. Tipo, *OLÁ... ainda estou aqui... e quanto a mim?* Quando ela finalmente se lembrou de mim disse: "Aaah, nós convidaríamos você também, Lottie, se alguém gostasse de você..."; e então fez uma cara de tristeza bem falsa.

* Ela disse que salgadinhos de cebola são *muito nojentos* porque deixam seu hálito fedido. Então Molly concordou com ela e não comemos **NENHUM**!

* E aqui vai a pior parte: Amber riu de Teddy Um Olho Só! Como ela pode? Ela disse: "Não acredito que você ainda carrega por aí essa coisa velha, surrada, caindo aos pedaços com você, Lottie!" Pior ainda, Molly não o defendeu também e ela o conhece há quase tanto tempo quanto eu. O pobre do Teddy Um Olho Só ficou devastado!

Esse foi o insulto final! Eu não conseguia ouvir mais nada. Então enrolei meu saco de dormir e comecei a guardar minhas coisas de volta na mochila. E você não vai acreditar, mas elas mal notaram... então eu comecei a guardar tudo bem **ALTO** e com **RAIVA**.

Após cerca de um milhão de anos, Molly se virou e disse:

— O que você está fazendo, Lottie?

— Vou para casa.

— Por quê? Qual o problema?

— Nada. Estou bem. Eu só quero... ir embora.

— Você não está bem. Obviamente está com raiva... nós chateamos você?

Tentei controlar a raiva, mas não consegui.

— Vocês estão me ignorando totalmente. Essa deveria ser e, em vez disso, acabou se transformando no Show da Molly

— O quê? Não seja ridícula. Como estamos ignorando você?

— Vocês ficam falando sobre coisas nas quais não posso me envolver. É como se eu fosse invisível!

Amber suspirou.

— Olhe, Lottie, não é culpa nossa que você não tem um namorado e não é culpa nossa que você ainda não menstruou, é?

— Eu sei disso! É que tudo tem que ser do seu jeito. Nós... nós... *sempre* pedimos pizza de pepperoni... e... — eu sabia o que queria dizer, mas não conseguia fazer com que as palavras certas saíssem.

— É apenas pizza, Lottie! Não é nada de mais — disse Molly.

Amber deu risada.

— Isso é TÃO bobo. Molly pode ter outras amigas, sabe. Talvez você precise crescer um pouco e aceitar que... quero dizer, veja... — ela apontou para minhas pantufas e pijama — isso é muito *escola primária*, não é?

Senti lágrimas se formando em meus olhos. Eu não queria que elas tivessem a satisfação de me ver chorar, então peguei minhas últimas coisas e corri para fora do quarto. Quando desci as escadas, disse a Ellie que não estava me sentindo bem e pedi a ela que ligasse para que meu pai viesse me buscar. Embora fosse onze da noite, ele não ficou bravo e disse que eu sempre deveria ligar para ele ou para mamãe se me sentisse desconfortável em algum lugar.

Agora estou de volta em casa e bem aconchegada com Teddy Um Olho Só. Ele também não merece esse tipo de tratamento. Estou tão chateada. É como se Amber e Molly estivessem em algum tipo de clube secreto e eu não tivesse permissão de participar. Em vez de termos uma noite como nos velhos tempos, comecei a me sentir como uma penetra na festa delas. Como isso aconteceu?

Porém, há uma boa notícia. Quando eu estava desfazendo a mochila, percebi que ainda tinha quatro pacotes de salgadinho, então eu e Teddy Um Olho Só devoramos o resto na cama.

PENSAMENTO DO DIA:
Eu me pergunto se serei a última garota do sétimo ano todo a ficar menstruada? Provavelmente.

DOMINGO, 3 DE ABRIL

> 6h54

Apesar de ter dormido bem tarde na noite passada, acordei supercedo sentindo uma estranha mistura de raiva, vergonha e tristeza. Fico repassando a discussão na minha cabeça. Será que eu estava certa ao ir embora? Eu deveria ter ficado e tentado resolver as coisas? O que faço agora? Mando mensagem para Molly?

> 9h22

Por sorte, ela mandou mensagem primeiro:

> **MOLLY**: Ei, você está melhor hoje? Uma pena que você não pode ficar. Sentimos sua falta. Bjos

Eu realmente não sei como responder. O que quero dizer é: *Você me viu chorando? Você gosta mais da Amber do que de mim agora? Achei que você fosse minha melhor amiga, ou isso não significa mais nada?*

Tudo o que eu escrevo soa tão infantil.

Agora estou sentada encarando meu celular, me perguntando o que fazer. Eu quero que ela saiba que estou magoada, mas não quero que isso acabe em outra discussão.

> 10h33

Ok, isso foi o que mandei:

EU: Sim, estou bem. Eu queria ficar, mas estava ansiosa para que fosse apenas eu e você. Bjs

MOLLY: Eu sei que você estava, e eu também, mas Amber estava sozinha e não pareceu justo deixá-la de fora.

Notei a falta de beijos no final da mensagem.

EU: Mas estava tudo bem em ME deixar de fora enquanto vocês duas conversavam sobre um monte de coisas das quais eu não podia participar?

MOLLY: Você decidiu não participar. Ficou lá sentada parecendo triste a noite toda!

EU: Porque vocês estavam me ignorando! Você não vê o que a Amber está tentando fazer?? Ela está tentando te afastar de mim.

MOLLY: Isso é ridículo. Você precisa parar de ser tão ciumenta!

EU: Eu não sou ciumenta!

MOLLY: É sim. Você acha que tudo bem você e a Jess me deixarem de fora e saírem para fazerem coisas juntas, mas quando eu faço novas amigas, você não suporta. Amber está certa, você realmente precisa crescer.

Então ela acha que eu sou boba e imatura e está brava por conta da minha amizade com Jess. Parece que Amber ganhou, ela roubou minha melhor amiga.

(11h23)

Tentei falar com mamãe sobre a situação com Molly, mas tudo o que ela disse foi:

— Não dá para esperar, Lottie? Eu tenho milhões de coisas para fazer antes de amanhã e estou completamente exausta.

Depois, ela me pediu para tomar conta da Bella, então agora estou presa aqui cantando aquela música boba e inventada que ela gosta, que é a única coisa para a qual todos acham que eu sirvo por aqui. Lá se foi o tão necessário *tempo de qualidade em família*, hein?

(15h34)

Jess acabou de ir embora. Eu contei a ela o que aconteceu, e ela apareceu vestida com um macacão de lêmure. Ela até trouxe almoço e adivinha o que era?

Passamos a tarde inventando coreografias de dança usando nossos macacões ridículos e foi totalmente infantil *E* bobo *E* imaturo, mas também **TÃO DIVERTIDO!**

Eu tenho muita sorte de ter Jess na minha vida, eu realmente não sei o que faria sem ela, mas gostaria que as coisas fossem fáceis assim com a Molly também... Estou morrendo de medo de voltar para a escola semana que vem, mas pelo menos é a última semana antes da Páscoa. Acho que vou ter que manter minha cabeça baixa e me dedicar aos ensaios.

SEGUNDA-FEIRA, 4 DE ABRIL

A escola foi normal... acho... se for normal para você que sua melhor amiga desde os quatro anos te ignore completamente.

Foi tudo tão estranho. Costumávamos contar **TUDO** uma para a outra e, agora, da noite para o dia, é como se tivéssemos nos tornado completas estranhas.

Tentei falar com mamãe sobre isso de novo, mas depois que ela colocou Bella e Toby para dormir, ela mesma estava morrendo de sono. Ela parece nunca mais ter tempo para mim. Eu gostaria que não doesse tanto, mas dói.

TERÇA-FEIRA, 5 DE ABRIL

O aniversário da Amber é mês que vem e hoje ela trouxe os convites. De início, eu não tinha certeza de que receberia um, mas então lembrei que me deixar de fora não combinaria com sua farsa de "quero muito que Lottie e eu sejamos amigas".

O bolo de convites era **GIGANTE** — ela parece ter convidado metade do sétimo ano. Você deveria tê-los visto... Eles vinham em envelopes roxos brilhantes amarrados com uma fita turquesa, e quando você os abria um monte de corações caíam em sua mesa. O convite em si era um pedaço de papel rosa grosso recortado e os detalhes estavam escritos em folhas de ouro. *E ele tinha cheiro de Chanel Nº 5* (não havia nem uma pitada de bloqueador de odores).

Fiquei tipo: quem ela pensa que é? Kim Kardashian?

Mas devo admitir que parece muito épico. Será uma festa de primavera no jardim de sua casa com mocktails (preciso me lembrar de não beber demais!), comida chique e um DJ de verdade.

De início fiquei: *Bom, não vou nessa festa DE JEITO NENHUM,* mas então pensei que talvez eu pudesse ir por uns dez minutos, sabe, apenas para dar uma olhadinha.

QUINTA-FEIRA, 7 DE ABRIL

Hoje à noite foi a reunião dos pais na escola. Mamãe e Papai voltaram e se sentaram comigo para uma "conversa séria".

Aparentemente meus professores concordam que eu "não tenho foco" e que tenho tendência a "me distrair durante as aulas".

Bom, não é culpa minha, é? Talvez se eles tornassem as aulas um pouco mais interessantes, então eu não teria que passar meu tempo sonhando acordada.

A escola é chata e ultrapassada. Sério, por que precisamos aprender divisão longa se temos calculadoras no celular? E por que precisamos aprender como soletrar se temos o texto preditivo? Na verdade, por que precisamos saber alguma coisa quando podemos procurar a informação no Google quando necessário?

Seria muito melhor se eles nos ensinassem coisas mais úteis como:

* como conseguir um número substancial de seguidores no YouTube;

* ou como ficar famoso no TikTok.

Afinal, é aí que está o dinheiro!

SEXTA-FEIRA, 8 DE ABRIL

Último dia de aula e não posso dizer que não estou aliviada.

Em uma última tentativa de consertar as coisas com Molly antes do feriado da Páscoa, perguntei se ela queria se encontrar comigo para tomar bubble tea no shopping amanhã.

Ela disse que não podia porque ela e Amber iam ao cinema com Josh e Asher. Acho que elas conseguiram o encontro duplo do qual estavam falando.

Ela claramente está seguindo em frente com sua vida, e eu estou sendo deixada para trás.

Mas não acho que seja a única. Vi Poppy saindo da escola sozinha na hora de ir embora e ela parecia muito triste.

— Tenha um ótimo feriado! — eu gritei.

— Você também — ela respondeu com gentileza.

Eu lembrei do ditado que dizia: *um é pouco, dois é bom, três é demais* e me perguntei se ela também estava se sentindo deixada de lado.

— Ei, Poppy... — comecei, hesitante. — Você já experimentou bubble tea?

— Se eu experimentei? **EU ADORO!**

— Quer ir comigo e com a Jess no feriado?

— Sério? — perguntou ela, parecendo muito surpresa, mas feliz também.

— Claro — eu respondi, sorrindo.

Eu disse a ela que mandaria mensagem com as informações e, enquanto ela se afastava, disse:

— Obrigada, Lottie. Estou muito animada com isso.

SÁBADO, 9 DE ABRIL

9h24

Acordei me sentindo muito triste.

Hoje é o dia em que Amber e Molly vão sair para um encontro duplo e estou sentada aqui sozinha apenas com meus hamsters me fazendo companhia. (Sem ofensa, pessoal!)

Que vida triste e solitária eu levo.

Na verdade, ignore toda essa história de *pobre de mim*. Mamãe entrou aqui e disse que eu e ela vamos fazer compras no shopping. Melhor ainda, ela vai deixar papai em casa com Toby e Bella. Uhul! Talvez ela tenha notado que há algo de errado afinal.

Me sentindo muito feliz porque mamãe e eu tivemos um ótimo dia. Mal posso me lembrar da última vez que tive ela só para mim.

Primeiro, fomos tirar minhas medidas para um novo sutiã, e embora tenha sido um pouco constrangedor, não foi tão vergonhoso quanto da primeira vez (principalmente porque Toby não estava correndo e gritando enquanto sacudia sutiãs pelo lugar).

Enfim, RUFEM OS TAMBORES...
Agora eu uso tamanho P!!

Então, em vez de ter triângulos completamente planos, meu sutiã agora parece ter um propósito de verdade.

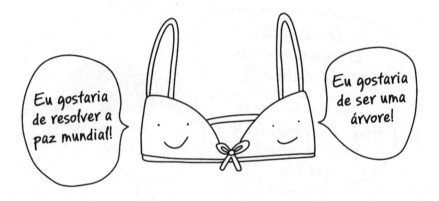

(Eu não sabia onde colocar uma carinha em um sutiã... parecia estranho com um rosto só, então agora tem dois... e dois propósitos hahaha. Achei melhor explicar caso estivesse confuso.)

Pareceu um pouco de desperdício de dinheiro comprar novos sutiãs logo após os primeiros (foi há apenas seis meses), mas mamãe disse que é muito importante usar sutiãs que sirvam corretamente ou então eu terei dores nas costas. Mas acho que ainda vai demorar até eu me preocupar com isso!

Mamãe também disse que o crescimento dos meus seios é um sinal de que minha menstruação pode chegar em breve. Espero que chegue mesmo! Ela disse que preciso lembrar de levar meu kit de menstruação comigo para a escola todos os dias. (É uma pequena bolsinha que deixo dentro de um bolso da mochila. Dentro dela, tem alguns absorventes, lenços umedecidos e calcinhas extras; é bom saber que está ali para quando eu precisar.)

Em seguida, fomos ao Starbucks e quando nos sentamos com nossas bebidas, mamãe me olhou com seriedade e disse que tinha algo para falar. Fiquei muito ansiosa pois pensei que ela falaria sobre a reunião dos pais de novo. Por sorte, não era isso…

— Lottie, sinto muito por não ter estado ao seu lado ultimamente, mas a verdade é que eu estou com algumas dificuldades. Ter três filhos dá muito trabalho e, com o refluxo e os problemas de sono da Bella, tenho estado muito cansada e estressada. Acho que, às vezes, quando você é criança, costuma pensar que seus pais são como super-heróis que podem fazer tudo, mas… não somos. Às vezes não entendo como me tornei uma adulta com três crianças porque, por dentro, ainda me sinto como se tivesse doze anos de idade, assim como você. Enfim, o que estou tentando te dizer, de uma maneira longa e divagante, é que eu sinto muito se cometi erros, mas sou humana, e talvez nós duas possamos nos ajudar um pouco mais.

Foi estranho ouvir minha mãe dizer que ela estava achando as coisas difíceis, porque eu sempre pensei nela como essa pessoa muito forte que faz todas as coisas. Talvez eu tenha estado focada só em mim também?

— Sinto muito também, mamãe — eu disse. — Fui um pouco egoísta ultimamente. Eu prometo que vou ajudar mais em casa.

Mamãe riu. Não acho que ela acreditou em mim.

E então eu perguntei:

— Mamãe, você realmente se sente com 12 anos por dentro?

E ela respondeu:

— Sim, acho que nunca crescemos de verdade por dentro.

Então, eu comentei:

— Bom... sem ofensas, mas você definitivamente parece ter uns 50...

Ela me olhou horrorizada e disse:

— Lottie, eu tenho apenas 41!

E então nós duas caímos na risada.

DOMINGO, 10 DE ABRIL

Mamãe decidiu de última hora que vamos ficar na casa do vovô e da vovó na Páscoa já que ela disse que todos nós precisamos de uma folga! Acho que ela também está ansiosa para receber um pouco de ajuda com a Bella; e acho que não ajudou o fato de Bella ter acordado às **3h30 da manhã**! Ai Ai!

Será bom viajar um pouco, mas estou dividida a respeito disso, então fiz uma lista de prós e contras (sim, estou um pouco entediada).

PRÓS:

* Vovó e vovô são bem menos rigorosos do que mamãe e papai;

* Vovó faz ótimos pãezinhos;

* Vovô nos dá dinheiro;

* Vovó tem coisas muito boas para o café da manhã como waffles e tortas;
* Vovô xinga o tempo todo, o que deixa a mamãe irritada (mas eu e Toby rimos disso).

CONTRAS:

* Viagem longa;
* Vovô sempre assiste sinuca ou jogo de dardos na TV;
* Vovó sempre fica falando sobre como nós crescemos;
* Não tem Netflix;
* A casa cheira a lavanda;
* Tenho que dividir um quarto com Toby. ☹

O último é o maior dos problemas para mim. Porém, vou levar minha máscara de dormir e vários tampões de ouvido para tentar ignorá-lo.

SEGUNDA-FEIRA, 11 DE ABRIL

E chegamos! Demorou sete horas para chegarmos a Leeds, graças a Bella, que constantemente precisava comer ou trocar de fralda.

Toby ficou ocupado com seu tablet por boa parte da viagem, mas quando a bateria acabou, ele nos presenteou com três horas de um jogo nojento de "O que você preferiria?" Sério, imagine ter que me sentar do lado disso no carro sem chance de escapar…

Mas foi adorável ver vovó e vovô! Mas a vovó fez um discurso de "Ah, meu Deus, como você cresceu!", que foi ainda mais constrangedor do que o normal.

Porém, o vovô nos deu uma nota de cinco reais e uma barra de chocolate, então não foi tão ruim.

TERÇA-FEIRA, 12 DE ABRIL

Eu queria ir ao cinema, mas aparentemente o cinema não é muito sociável (por que isso é uma coisa ruim mesmo?), então fomos conhecer a Abadia Kirkstall, que é uma igreja acabada. Depois fomos a um café e todos se sentaram para tomar chá (não bubble tea, um chá ruim normal) e conversar.

Foi bem chato, mas era isso ou ficar em casa assistindo sinuca com o vovô.

Porém, passamos na loja de presentes. Comprei uma linda borracha de arco-íris e Toby comprou slime.

Eu disse:

— Você já não tem slime o suficiente?!

Ele retrucou:

— Você já não tem borrachas o suficiente?!

Touché.

QUARTA-FEIRA, 13 DE ABRIL

Estamos aqui há apenas duas noites, mas meu querido irmão já está me deixando louca.

MOTIVOS PELOS QUAIS NÃO GOSTO DE DIVIDIR QUARTO COM O TOBY:

* Imaturo;
* Fedido;
* Mexe no nariz;
* Solta pum e ri disso;
* Dorme muito tarde;
* Acorda muito cedo;
* Sempre está falando sobre coisas chatas como Minecraft;
* E nojentas como cocô;
* De modo geral, nunca cala a boca;
* Voz irritante.

9h44

MOUTIVOS PORQUE NÃO GOSTO DE DEVIDIR CUARTO COM A LOTTIE (POR TOBY):

* MUINTO CHATA;
* Olha pro celular o tempo TODO;
* Solta puns fedorentos que são MAIS PIORES que os meus;
* Usa muinto desodorante fedido (para disfarçar seus puns);
* Sempre pensando em beijar meninos (ECA).

11h34

MEU DEUS!!!!!!!!!! Ele está lendo minha PROPRIEDADE PRIVADA!!!!!!
ELE ESTÁ MORTO!!!

12h01

Aliás, só para constar, eu não *solto puns* MAIS PIORES. Meus puns são tão doces quanto algodão-doce, muito obrigada!

Ok, talvez seja um exagero, mas imagine se realmente cheirasse a algodão-doce?! Seria épico.

18h12

Vamos jogar "Adivinhe o que fizemos essa tarde"! Fomos:

(A.) Jogar boliche ou nadar ou ao cinema ou qualquer coisa vagamente divertida;

(B.) Visitar outra igreja caindo aos pedaços.

Se você respondeu B, acertou. Uhuul!

A atração de hoje foi um moinho d'água do século XVII. Que tédio. Aparentemente eles foram a primeira fonte de energia mecânica. Tipo, quem liga?!

Eu tenho outro motivo para acrescentar à minha lista...

Toby me contou sobre o seu *truque de cueca* hoje cedo. Eu realmente preferia que ele não tivesse contado.

O *truque da cueca* envolve colocar a samba-canção por cima de uma cueca, assim, quando você se levantar de manhã, já está usando cueca e, por isso, não precisa colocar uma nova.

Aparentemente o máximo de tempo que ele conseguiu fazer isso foi três dias. Um fato do qual ele se orgulha muito.

Irmãos mais novos são nojentos!

QUINTA-FEIRA, 14 DE ABRIL

(6h57)

Fui acordada rudemente ao amanhecer por Toby, que estava desesperado para me contar sua piada mais recente...

Qual o transporte favorito das abelhas fantasmas?

O ôniBUzZzZ!

Cansada pacas. Não consigo mais aguentar.
Eu disse:
— Aff, Toby, você é TÃO infantil.
Embora deva admitir que foi uma boa piada.

(16h01)

Hoje saímos para fazer uma "bela caminhada".

— Belas caminhadas são coisas que apenas adultos compreendem.

Quando eu caminho, o propósito é ir do ponto A ao ponto B. Como ir de casa para a escola ou da escola para o Starbucks.

Por alguma razão, pais acham que é divertido caminhar por horas sem motivo algum.

Como uma criança sem direito nenhum, você muitas vezes é arrastado para essas missões sem sentido.

Na *bela caminhada* de hoje, eu disse a mamãe:

— Isso é tão chato! Quando podemos ir para casa? — o que é um comentário perfeitamente válido.

E ela respondeu:

— Veja essa paisagem, Lottie! Não é magnífica? Por que você iria querer ir para casa?

Olhei ao redor e tudo o que eu podia ver eram algumas colinas e alguns campos, e não estou sendo engraçada, mas já vi muitas colinas e campos na minha vida.

Por que eles são tão obcecados em observar colinas e campos? Às vezes eu fico com medo quando penso na vida adulta. Crescer torna todo mundo chato assim?

SEXTA-FEIRA, 15 DE ABRIL

9h33

Hoje é Sexta-Feira Santa.

O que eu não entendo é por que se chama Sexta-Feira Santa?

Jesus foi obrigado a carregar uma cruz morro acima antes de ser torturado e morto, o que tem de santo nisso?

Eu pessoalmente acho que faria mais sentido chamar de Sexta-Feira Triste, mas acho que é tarde demais para renomear o feriado agora.

Acho que a maioria das pessoas fica feliz por ter um dia de folga do trabalho e sair de casa.

Fomos para o centro com a mamãe (também conhecida como Coelhinha da Páscoa) para comprar alguns ovos de Páscoa e você deveria ver o estado de algumas pessoas. Vi um homem dançando *Rocket Man*, do Elton John, em cima de uma mesa e uma moça vomitando dentro da própria bolsa.

Tenho certeza de que Jesus ficaria muito comovido. Só que não.

Que fique claro que **NUNCA** tocarei em uma gota de álcool na minha vida.

18h55

A Sexta-feira Santa ficou ainda pior. Acho que agora precisaria ser chamada de **TERRÍVEL** Sexta-Feira ou **PIOR DIA DE TODOS**.

Acabei de falar no telefone com a Jess, que está tomando conta dos hamsters enquanto estamos viajando, e Bola de Pelos, o terceiro, está superdoente. Aparentemente, ele está deitado dentro de um rolo de papel higiênico e mal se mexe. Estou muito preocupada! Talvez eu não devesse tê-lo nomeado de Bola de Pelos, o terceiro, já que o nome está obviamente amaldiçoado.

Contei a péssima notícia para a família, e vovó disse que podemos fazer uma vigília para ele e fazer uma oração para Deus mais tarde, pedindo por sua rápida recuperação. Parece uma boa ideia. Vou escrever algumas coisas para dizer no momento.

A vigília foi adorável. Vovó só conseguiu encontrar velas de aniversário, então as colocamos em pãezinhos e nos reunimos em oração. Papai ergueu um isqueiro no ar como fazem em shows.

Escrevi um breve discurso para ele...

Querido Bola de Pelos,
Sinto muito por não estarmos com você quando você mais precisa. Mas estamos pensando em você e rezando por sua

melhora. Você tem sido o melhor hamster de todos. Melhor do que Bola de Pelos, o primeiro, e Bola de Pelos, o segundo, porque você nunca me mordeu e sempre me deu ótimos conselhos de moda, como aquela vez que disse que eu ficava bem com meu shorts verde e camiseta branca porque fazia com que eu parecesse uma couve-flor gigante, seu petisco favorito! Enfim, por favor, não morra! Eu e o Professor precisamos de você!

Em seguida, todos nós choramos e nos abraçamos. Foi lindo, mas incrivelmente triste.

Estou me sentindo exausta demais, então vou tentar dormir agora.

SÁBADO, 16 DE ABRIL

AVISO DE GATILHO. CONTEÚDO TRISTE A SEGUIR!

Se você se apegou aos meus hamsters enquanto lia meu diário, então talvez queira pegar um lencinho para essa próxima parte...

Você está pronto?

Ok. Bom. Sinto informar que Bola de Pelos, o terceiro, morreu essa noite. Jess me ligou essa manhã chorando. Ela se sente muito culpada, mas não é culpa dela. Não há nada que ela pudesse ter feito. Era hora dele partir.

Porém, isso não impede que seja incrivelmente triste. Odeio pensar no que Professor Guinchinho está passando neste momento. Ele deve estar desolado. Eu me sinto tão desesperada por estar longe e não poder confortá-lo.

Jess colocou o corpo de Bola de Pelo em uma caixa de sapato e, quando chegarmos em casa, vamos fazer um funeral decente para ele. Quero que seja a celebração da sua vida e de todas as coisas incríveis que ele fez. Como quando ele fugiu e viveu atrás da lareira por três dias... e quando ele conseguiu arrastar uma calcinha para a gaiola e fez uma cama com ela... e a vez que eu o coloquei no topo da cabeça do papai e ele fez xixi em sua careca!

Ele era tão engraçado. Vou sentir muito sua falta!

DOMINGO, 17 DE ABRIL — PÁSCOA

8h45

É UM MILAGRE DE PÁSCOA!

Jess ligou logo cedo. Bola de Pelo, o terceiro, está VIVO! Ela ouviu arranhões na caixa de sapato quando acordou de manhã e, como era de se esperar, lá estava ele mordiscando o papelão para tentar fugir.

ELE RESSUSCITOU DOS MORTOS!

Contei à vovó e parecia que ela ia desmaiar. Começou a murmurar algo sobre *a segunda vinda*, então perguntei o que ela queria dizer com isso e ela respondeu que estava profetizado que Jesus voltaria para limpar a terra de seus pecados.

Enfim, vovô deu uma xícara de chá para vovó e pediu a ela que se sentasse em sua cadeira especial. A cor começou a voltar ao seu rosto quando ela se acomodou para ver um episódio da série *A Place in the Sun*.

Por outro lado, o coelhinho da Páscoa foi bem generoso este ano, e Toby e eu ganhamos pilhas de ovos que chegam ao teto. Aí, sim! Bella não tem idade o suficiente para comer ovos de Páscoa, então ganhou um macacão de coelhinho superfofo. Ficamos todos empolgados para vesti-la, mas, por alguma razão, isso só pareceu deixá-la irritada. Mamãe disse que seus dentes provavelmente estão nascendo, mas, sendo sincera, nada parece agradar essa garota.

11h01

Acabei de voltar da igreja. Normalmente não vamos a igreja em família, mas vovó leva isso muito a sério.

O padre se chamava Martin e nos fazia levantar, depois sentar, depois ajoelhar, depois sentar, depois levantar, ajoelhar, sentar, levantar, sentar, levantar, ajoelhar etc., etc. Parecia um jogo de o mestre mandou, mas mais chato. Pensei: *decida-se, meu chapa!*

Na minha opinião, demorou demais e cantaram muitas músicas. Várias pessoas ali não sabiam cantar, então era terrível de ouvir, mas pensei *se não pode vencê-los, junte-se a eles*, e comecei a cantar também. Devo ter cantado até que bem, porque todo mundo começou a me olhar e bater palmas junto comigo. Eu me senti uma espécie de celebridade! E isso fez com que eu me sentisse melhor a respeito da peça de teatro para ser honesta; só é uma pena que eu tenha que fazer isso vestida de caranguejo.

A canção que eu gostei mais foi *Senhor, eu vou-me embora*, porque fazia exatamente o que dizia. Todos pareciam bem aliviados por estar quase terminando aquele momento.

Antes de irmos embora, eles pediram que todas as crianças fossem até o altar. Eu estava envergonhada porque era, de longe, a mais velha ali, mas vovó me fez ir mesmo assim. Mas fiquei feliz no final das contas, pois todos nós ganhamos um ovinho de Páscoa. Uhul!

Quando nos demos conta, vovó estava indo em direção ao Padre Martin para falar sobre o retorno de Jesus em forma de hamster. Tivemos que tirá-la à força da igreja. Foi preciso eu, mamãe, papai e vovô, ela é muito forte quando quer!

11h53

Vovó continua tentando dar chocolate a Bella. O que está deixando mamãe muito furiosa; é hilário.

Para ser justa com a vovó, isso deixou a Coelhinha Brava bem feliz... até mamãe arrancar a barrinha de chocolate da mão da vovó e começar um inferno.

> **18h46**

Vim me deitar com dor de estômago. Mamãe pensou que eu tinha idade o suficiente para comer meu chocolate de Páscoa com moderação. Ela estava errada. Eu claramente não estou pronta para esta responsabilidade ainda.

Esse é um resumo do meu consumo de alimentos hoje:

Café da Manhã: Ovo de Páscoa de KitKat Chunky (incluindo duas barrinhas de KitKat Chunky) e metade de um ovo de Snickers (incluindo uma barrinha de Snickers).

Lanche da Manhã: Quatorze mini ovos, um ovo médio e as orelhas de um coelho de chocolate da Lindt (talvez um pedaço da cabeça também).

Almoço: Teve cordeiro assado, mas eu não estava com tanta fome, então comi três pãezinhos seguidos de duas cestinhas de chocolate, um pedaço do bolo de Páscoa da vovó e outro Snickers.

Lanche da Tarde: Dois pãezinhos, dois mini coelhinhos e dois Kinder Ovo. Caso esteja interessado, um Kinder Ovo veio com uma preguiça em uma árvore (bom) e o outro com uma lancha (ruim).

Jantar: O restante do corpo do coelho da Lindt, metade do ovo de Snickers e uma quantidade vergonhosa de marshmallows.

PENSAMENTO DO DIA:

O que Jesus tem a ver com chocolate? Tenho certeza de que ele estaria se revirando no túmulo se pudesse nos ver enfiando coelhinhos de chocolate goela abaixo até nos sentirmos fisicamente doentes. Porém, para ser honesta, quando eu morrer, se todos se lembrarem de mim participando de um dia repleto de chocolate, acho que ficaria muito feliz. Especificamente, eu gostaria de um dia de KitKat Chunky, talvez eles até pudessem patrocinar? E dessem a todos um dia de folga. Duvido que um dia serei tão importante, a menos que minha carreira como crustáceo cantor realmente dê certo.

SEGUNDA-FEIRA, 18 DE ABRIL

11h45

Está pegando fogo! É como um daqueles dias assustadoramente quentes de primavera em que parece que estamos no meio do verão.

Vovó ficou um pouco empolgada demais e encheu a piscina inflável para que Toby e eu pudéssemos *brincar*. Ahn, então, vovó, eu não brinco mais em piscinas infláveis, pois não tenho cinco anos. Mas não queria magoar seus sentimentos, então apenas disse a ela que não estava com minha roupa de banho. Sua resposta foi que eu deveria entrar de calcinha!

13h33

Todos os adultos estão sentados bebendo vinho no jardim. Mamãe, papai, vovô, vovó, tia Emily e tia Claire. Tia Emily é casada com Tia Claire, elas não têm filhos; só vários animais de estimação, incluindo três cães, dois gatos e um aquário gigante cheio de peixes tropicais.

Quando eu crescer quero ser igual tia Claire e tia Emily, porque ter filhos parece péssimo e animais são **BEM** melhores do que pessoas.

Certa vez, ouvi mamãe dizer que preferia ter tido animais a filhos, o que achei muito rude, quando perguntei a ela sobre isso, insistiu que estava brincando. Huuuum.

Papai disse que mamãe deveria tomar cuidado com a quantidade de vinho que estava bebendo, porque ela mal tomou álcool no ano passado devido à gravidez da Bella e à amamentação. Eu me pergunto se ela dará ouvidos a ele.

14h45

Ela não lhe deu ouvidos. Estava bêbada após três goles de vinho.

Agora só mamãe, tia Claire e tia Emily estão no jardim já que todos entraram depois que elas começaram a gargalhar como um bando de bruxas e a usar linguagem inapropriada.

Eu fiquei um pouco mais porque mamãe queria que eu interpretasse parte da peça para tia Emily e tia Claire. Pensei que seria uma boa oportunidade para praticar minhas falas, então concordei. **QUE ERRO!** Agora estou preocupada com o fato de que serei motivo de chacota.

15h02

Papai levou Toby e Bella ao parque e vovó e vovô estão tirando uma *siesta*, que é uma palavra que pessoas velhas usam no lugar de soneca para fazer com que pareça mais chique do que apenas dormir na frente da TV.

Estou entediada, então estou no quarto praticando minhas falas **EM PAZ** e espiando mamãe, tia Claire e tia Emily da janela do quarto.

No momento, estão cantando um repertório de canções do Elton John. O ponto baixo foi *Ciclo Sem Fim*, que estava horrível e culminou com Rafiki (mamãe) erguendo Simba (Tia Emily) no ar (com dificuldade).

15h18

Meu Deus, elas ficaram apenas com as roupas íntimas e <u>foram nadar</u> na piscina inflável.

Por que não posso ter parentes normais?

15h44

Elas estão reencenando uma cena de *Tubarão*. Tia Claire é o tubarão, mamãe é um pescador aterrorizado e Tia Emily é o barco.

16h02

Elas estão olhando antigos álbuns de fotos de família e chorando e se abraçando.

16h15

Elas me viram na janela e exigiram que eu saísse e falasse com elas. Então começaram a afagar meu cabelo e dizer como eu era incrível. Mamãe disse:
— Ter você foi a melhor coisa que já aconteceu comigo! — e começou a chorar (de novo).

16h49

Não se preocupe, elas se animaram de novo.
Papai, Bella e Toby voltaram, e agora estamos todos atônitos olhando para elas enquanto performam uma dança chamada Macarena. Se você nunca ouviu falar dessa música, é uma dança de gente velha do século passado, talvez você possa pedir aos seus pais para que a demonstrem para você!?
Me desculpe... NÃO faça isso!
Ninguém precisa ver seus pais dançando Macarena. Especialmente usando roupas íntimas.
Isso vai te marcar pelo resto da vida. Confie em mim, sei do que falo.

(18h37)

EMERGÊNCIA! EMERGÊNCIA! Mamãe baixou o TikTok!

Ela quer que eu as filme dançando seminuas e poste — **MEU DEUS!!!!!**

Tentei explicar que elas eram **MUITO VELHAS** para estar no TikTok, mas elas não estão aceitando isso!

Aparentemente, elas acham que estão dançando tão bem que o vídeo vai viralizar!!! Elas estão delirando?!?

(18h55)

Ufa, crise evitada. Eu escondi o celular dela em um vaso de plantas.

Talvez você ache isso um pouco cruel, mas pessoalmente acho que todos com mais de 30 anos deveriam ser banidos das redes sociais.

19h12

A festa acabou! Mamãe machucou as costas dançando Gangnam Style. Tia Emily e tia Claire foram embora. Papai teve que dar uma boa bronca nelas e depois ajudar a carregar mamãe para dentro de casa.

Tomara que essa seja uma lição para todas elas.

PENSAMENTO DO DIA:
Eu NUNCA vou beber álcool.

TERÇA-FEIRA, 19 DE ABRIL

8h33

Hoje tivemos que acordar supercedo para arrumar nossas coisas, pois vamos voltar para casa. Mas houve um problema: foi muito difícil acordar a mamãe porque ela estava de ressaca e decidida a ter uma festa de piedade na cama.

Papai disse que tinha uma ótima ideia: ele pegou uma panela e uma colher, deu a velha gaita de vovô para Toby e me instruiu a pegar a Coelhinha Brava e encontrá-los no andar de cima.

Devo admitir que fizemos um ótimo despertador e ele certamente cumpriu sua função: nunca vi mamãe sair da cama tão rápido!

Estou ansiosa para voltar para minha própria cama, mas sentirei falta de todos. É sempre divertido ficar aqui, apesar da carnificina, e dos passeios entediantes para ver coisas velhas.

MAL POSSO ESPERAR para ver meus hamsters.

15h24

Acabei de chegar em casa. A viagem foi horrível. O trânsito estava muito ruim, então papai decidiu pegar algumas estradas rurais. Elas eram sinuosas demais e, de repente, me senti muito enjoada e sabia que estava prestes a vomitar. Mamãe não tinha nenhuma sacola de enjoo no carro e não estávamos nem perto de um posto de gasolina. A única coisa que conseguimos encontrar foi uma caixa velha de McLanche Feliz no chão do carro. Vomitei muito ali dentro, mas um pouco vazou pelas dobras e caiu na minha calça jeans.

Aquilo fedia demais! Então, porque o carro todo fedia a vômito, Toby disse que tinha começado a se sentir mal. Antes que qualquer um de nós pudesse encontrar outro recipiente para vômito, ele vomitou nele mesmo, e um pouco até saiu pelo nariz. Nojento.

Depois, Bella acordou de sua soneca por causa de toda a comoção e também vomitou nela mesma.

Então, lá estávamos todos nós sentados no banco traseiro cobertos de vômito. Que adorável.

Mamãe perguntou ao papai:

— Lembre-me outra vez por que decidimos ter filhos?

Papai respondeu:

— A ideia foi SUA. Eu teria ficado muito feliz com um cachorro!

ENCANTADOR!

Depois, Toby passou o resto da viagem implorando à mamãe e ao papai por um cachorro.

Ele disse que queria chamá-lo de Batman ou Calçola. Eu disse que esses eram nomes estúpidos para um cachorro e que, se algum dia tivéssemos cachorros, nós lhe daríamos um nome apropriado, como Penélope Que-Abana-o-Rabinho.

Papai disse que o chamaria de Nigel ou Gary. Para ser honesto, achei esses nomes piores do que as sugestões de Toby.

Perguntei à mamãe qual nome ela daria ao cachorro e ela respondeu que gostaria de chamá-lo de "Nada porque ele não existe e NUNCA vai existir", quer dizer, é um pouco longo, mas com certeza é original!

Ok, hora de tomar banho para tirar esse cheiro horrível antes da Jess chegar daqui uma hora para deixar os hamsters, mal posso esperar!

17h12

Eles voltaram! Foi tão bom vê-los. Acho que eles ficaram felizes de me ver também (ou estavam animados com as gotas de iogurte que eu dei a eles como presente de boas-vindas, é difícil dizer).

Também foi ótimo ver a Jess. Não tinha percebido como sentia sua falta. Adoravelmente, ela passou os feriados tentando ensinar aos hamsters a pular por um aro. Para ser honesta, não sei exatamente se foi um tempo bem gasto, mas com certeza me fez rir...

    Bola de Pelos parecia ter voltado ao normal, mas achei melhor examiná-lo mesmo assim, então pedi que mamãe marcasse uma consulta de emergência na clínica veterinária.
    Mudando de assunto, o pobre do papai levou duas horas para esfregar todo o vômito dos assentos do carro. Quando ele terminou, parecia muito pálido e pensamos que poderia ele mesmo vomitar!

QUARTA-FEIRA, 20 DE ABRIL

Boas notícias: o veterinário disse que Bola de Pelos está ótimo! O cenário mais provável é que ele entrou em um estado temporário de hibernação depois de ter comido em excesso sua mistura de sementes. Ele sempre foi um pouco guloso.

No entanto, papai não ficou bem quando recebeu a conta. Como era uma consulta de emergência, custou 35 reais! Ele disse que era um absurdo, considerando que só custou 7,50 para comprar Bola de Pelos.

Só para constar: Bola de Pelo não é substituível. Papai também precisa melhorar suas habilidades matemáticas, porque 35 dividido por 7,50 na verdade é 4,66 hamsters. Embora eu não tenha certeza do que você poderia fazer com dois terços de um hamster. **NOJENTO**.

QUINTA-FEIRA, 21 DE ABRIL

Eu me encontrei com Poppy e Jess e fomos tomar bubble tea. Estavam mais gostosos do que da última vez!

Conversei com Poppy sobre toda a situação com a Amber e ela disse que também se sente deixada de lado. Aparentemente não é a primeira vez que Amber faz esse tipo de coisa. Ela parece descartar os amigos com frequência.

Perguntei a Poppy porque ela aguenta isso há tanto tempo e ela disse que não sabe, e que Amber tem esse jeito de convencer você a fazer o que ela quer. Sabemos bem disso!

Quando estávamos terminando nossas bebidas, ela se virou para mim e para Jess e disse:

— Vocês têm sido tão legais comigo e eu me sinto péssima por ter sido má com vocês no passado. Então eu só queria dizer: sinto muito mesmo.

— Tudo bem — disse Jess. — Eu entendo...

— É, eu também... e o mais importante é que somos amigas agora, né? — perguntei.

Poppy sorriu.

— Sim.

Depois de deixarmos a loja de bubble tea, percebemos que não tínhamos mais dinheiro, então fizemos o que normalmente fazemos quando estamos sem dinheiro: nos sentamos no parque e ficamos observamos as pessoas.

Estávamos lá há apenas alguns minutos e adivinhe quem apareceu? Lindo Theo e Dedos de Salgadinho!

Eu entrei em pânico e decidi que a melhor coisa seria me esconder atrás de uma árvore.

Eu observei quando eles se aproximaram e começaram a conversar com Jess e Poppy.

Poppy perguntou a Dedos de Salgadinho:

— Você não está com Marnie?

E ele respondeu:

— Não ficou sabendo? Nós terminamos...

Atrás da árvore, fiquei tipo **MEU DEUS!!!!!!!!!!!!!**

— Como assim?

— Basicamente, éramos incompatíveis. Seu salgadinho favorito era queijo e cebola...

Jess comentou:

— Eca, quem gosta de salgadinho de queijo e cebola?!

— Sim. Foi um fator decisivo para mim. Quer dizer, queijo é bom e cebola também, mas queijo e cebola juntos?! Não, isso nunca iria funcionar.

Ele tinha razão, porque se vocês não gostam dos mesmos salgadinhos, que esperança o relacionamento tem?

— Vocês vão ver a Lottie hoje?

UUUUH, isso estava ficando interessante...

— Ah... nós... sim... ela deveria nos encontrar aqui... — respondeu Poppy.

— Ela já está aqui? Porque parece que está tentando se esconder atrás daquela árvore — disse Theo.

ESTÚPIDA ÁRVORE PEQUENA DEMAIS!

A essa altura, eu não tive outra opção a não ser me revelar.

— Por que você está olhando para uma árvore?! — perguntou Dedos de Salgadinho.

— Eu estava só...ahn...eu gosto de árvores, então... eu gosto de... olhar para elas... bem de perto.

— E como ela está?

— Muito... bonita e cheia de casca... eu acho.

E então Daniel começou a rir, o que me fez rir também.

Depois conversamos sobre árvores, a escola, a peça e salgadinhos, e acontece que ele adora salgadinho de cebola! Foi provavelmente a conversa de maior sucesso que já tivemos.

Quando estávamos indo embora, ele perguntou:

— Você vai na festa da Amber no próximo final de semana?

E eu respondi:

— Sim.

E ele perguntou:

— Vejo você lá?

E eu respondi:

— Legal.

AAAAAAAAAAAAAAAAAAAAAAAAAAAAAAAAAH!

SÁBADO, 23 DE ABRIL

Eu realmente deveria estar fazendo minha lição de casa, mas Jess veio aqui em casa e passamos quatro horas arrasando (na minha opinião) uma dança do TikTok.

A única parte chata é que só recebemos três curtidas.

Pareceu um dia desperdiçado!

DOMINGO, 24 DE ABRIL

Estou um pouco ansiosa em voltar para a escola amanhã porque as coisas ainda estão estranhas entre mim e Molly. Normalmente, durante os recessos escolares, passávamos muito tempo juntas e trocávamos mensagem o tempo todo quando eu estava em Leeds.

Dessa vez, além de algumas curtidas no Instagram ou no TikTok, não nos falamos e, para ser completamente honesta, sinto a falta dela. Sinto muita falta dela.

Fiquei pensando em todas as coisas que havíamos feito juntas no passado. É muito triste que nossa amizade possa ter acabado. Ela faz parte da minha vida há tanto tempo que nem me lembro de não a conhecer.

Mamãe percebeu que eu estava sofrendo e veio ao meu quarto para conversar comigo.

— Você não parece bem hoje, Lottie... o que aconteceu, meu amor?

— Sinto que estou perdendo Molly — respondi, e então comecei a chorar.

— Ah, querida, sinto muito por ouvir isso. Você e Molly têm sido melhores amigas há tanto tempo que deve ser muito difícil. Mas, à medida que crescemos, as pessoas mudam, e, embora possa ser complicado, às vezes a melhor coisa a fazer é dar espaço para elas... veja bem, amizades não podem ser forçadas...

Eu a abracei forte; sabia que ela estava certa.

Molly acha que estou com ciúmes e não aguento vê-la ter outros amigos (e talvez isso tenha um pouquinho de verdade), mas uma coisa é certa: quanto mais eu tento falar com ela a respeito disso, pior fica. Então preciso recuar e deixá-la resolver essa questão sozinha, porque tudo o que estou fazendo no momento é nos afastar ainda mais.

Também preciso tentar focar muito na peça já que só faltam quatro dias. **QUE MEDO**.

Também temos nosso primeiro ensaio geral amanhã!

Dia do crustáceo cantor!!!

SEGUNDA-FEIRA, 25 DE ABRIL

As coisas foram bem com a Molly hoje. Bom, não foram tão ruins quanto poderiam ter sido. Não nos abraçamos, conversamos ou ficamos juntas como normalmente ficaríamos, mas, pelo menos, não estávamos nos ignorando por completo. Sorrimos, dissemos oi e ficou por isso mesmo. Eu me sinto muito melhor em relação a tudo depois da conversa que tive com mamãe ontem.

À tarde, todos os participantes da peça faltaram às aulas para o ensaio geral, foi ótimo!

Quando entramos no auditório, Jess e eu pensamos *UAU*! O cenário havia sido instalado durante a Páscoa e estava incrível. Havia riachos de papel crepom azul e verde pendurados em vigas, grandes rochas, corais e conchas feitas com papel-machê, uma linda iluminação roxa e o som de ondas e gaivotas tocando no sistema de som. Parecia mesmo que estávamos no fundo do mar.

A Sra. Lane nos reuniu e começou a distribuir as fantasias, que foram feitas, em sua maioria, por pais com talento para costurar. A minha tinha uma carapaça acolchoada e oito patas, que eram feitas de meias-calças vermelhas cheias de jornal. Tenho duas garras grandes de papelão que parecem luvas e uma tiara com canudos que tem bolinhas de pingue-pongue em cima fazendo o papel de olhos. Eu pareço incrível e completamente ridícula ao mesmo tempo.

Jess não parece nem um pouco ridícula. Ela está usando o vestido de festa com cauda de peixe mais lindo que você já viu!

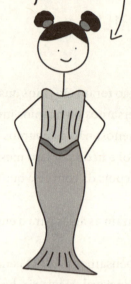 

O ensaio correu muito bem, até o final. Eu estava tão envolvida no papel, cantando alto e me movimentando de lado (como caranguejos fazem), que não percebi que estava me aproximando da beirada do palco e saí voando.

Por sorte, o jornal nas minhas patas (falsas) parece ter amortecido minha queda pois, com exceção de alguns hematomas, eu escapei sem ferimentos. Agora estou torcendo para que isso não aconteça daqui três dias, quando eu estiver lá em cima na frente de todas aquelas pessoas.

TERÇA-FEIRA, 26 DE ABRIL

Bom, você gostará de saber que eu não cai do palco hoje. No entanto, antes de respirar aliviado, devo avisar que algo pior **AINDA** aconteceu.

Sra. Lane estava tentando consertar uma parte da fantasia de Jess que havia descosturado e me disse:

— Lottie, você poderia ir até a recepção e pedir uma tesoura emprestada, por favor?

Eu respondi:

— Mas, professora, estou vestida de caranguejo!

— Tenho certeza de que eles não vão se importar, Lottie! — comentou ela.

— Sim, mas, professora, é que eu...

— Lottie, estou incrivelmente ocupada agora e agradeceria muito se você pudesse fazer o que estou pedindo.

— Ok, professora — respondi com relutância.

Ela estava bem estressada e eu não me senti corajosa o suficiente para continuar defendendo meu caso.

Pensei em tirar a fantasia, mas, sabendo que demorava cerca de quinze minutos para vesti-la e tirá-la, essa também não era uma opção. Eu olhei para o relógio e suspirei, faltam apenas três minutos para o final das aulas, quando os corredores ficariam cheios de alunos. Eu conseguiria ir até a recepção e voltar?! Só havia uma maneira de descobrir.

VAI, LOTTIE, VAI!

Corri até a recepção o mais rápido que pude. O que não foi realmente rápido, porque, por alguma razão idiota, eu corri de lado (outra vez). Fico esquecendo que não sou um caranguejo de verdade! ER! Isso também reduziu minha visibilidade dos perigos que se aproximavam, então eu ignorei totalmente a placa dizendo CUIDADO, PISO ESCORREGADIO que a escola usa depois de limpar o vômito de uma criança aleatória (o que acontece com uma frequência assustadora).

UOOOOOOOOOOU! Mergulhei com tudo no chão. Esses pisos brilhantes da escola são incrivelmente escorregadios quando molhados. Por sorte, as meias-calças cheias de jornal amorteceram a queda outra vez, mas minha tiara saiu do lugar e vi um dos globos oculares quicar pelo corredor.

Neste exato momento, como se combinado, ouvi o pior som que você poderia imaginar:

PRIIIIIIIIIIIIIIIIIIIIIIIII!

Sim. O sinal da escola, indicando o fim do dia.

Não havia mais nada a fazer a não ser me deitar em uma poça e aguardar meu destino.

No mar de pernas, perdi o globo ocular de vista. Comecei a entrar em pânico. A Sra. Lane já estava estressada o suficiente; eu não podia voltar sem um olho.

Mas o que é isso?!

De repente, diante de mim, um príncipe encantado. Era o Daniel! Ele está de joelhos e parece que está prestes a me pedir em casamento. Todos os meus sonhos se tornaram realidade!

Exceto que, em vez de um anel, ele está me oferecendo uma bolinha de pingue-pongue. Mas detalhes, apenas detalhes...

Eu fiquei vermelha igual um pimentão, e tudo bem, porque eu já estava 95% vermelha já, então o rubor combinou muito bem.

Agradeci a Daniel, fui buscar as tesouras e corri de volta para o ensaio. Missão cumprida.

> **PENSAMENTO DO DIA:**
> Embora tenha sido muito emocionante quase ser pedida em casamento, estou feliz por não ter sido assim. Eu preferiria algo um pouco mais romântico. Além disso, eu não diria que estar deitada em uma água vomitada vestida de caranguejo caolho é meu ponto alto.

QUARTA-FEIRA, 27 DE ABRIL

Essa manhã Sr. Peters disse:

— Senhorita Brooks, acho que não estou com o seu dever de casa de matemática.

Eu respondi:

— Sério, professor?! Eu sou uma estrela do teatro agora. Não tenho tempo para calcular o volume de um cuboide!

Mas isso aconteceu só na minha cabeça. Na vida real, eu respondi:

— Ops, me desculpe, professor — e então ele cruelmente me deu uma detenção na hora do almoço e fez com que eu ficasse na sala para fazer a tarefa.

Honestamente, todo o tempo e esforço que eu dedico a essa escola e é assim que me agradecem!

Hoje não tivemos ensaio já que a Sra. Lane disse que queria todos muito bem descansados e relaxados para amanhã à noite. Ela é louca?... Como podemos relaxar?

Sério, e se eu esquecer todas as minhas falas? E se eu surtar e as palavras não saírem direito? E se eu cantar tremendamente desafinada? E se eu acidentalmente esquecer de colocar minha fantasia e subir no palco completamente nua?!?!? (Não sei exatamente como isso poderia acontecer, mas ainda assim...)

Mamãe sugeriu que eu baixasse um aplicativo de meditação no meu telefone e que o escutasse no meu quarto para que me acalmasse.

Mas não funcionou muito bem...

> Feche seus olhos e relaxe... imagine que você está à beira-mar... imagine que os pássaros estão cantando... imagine as ondas quebrando gentilmente... IMAGINE QUE VOCÊ FAZ XIXI NA CALÇA NO MEIO DO PALCO!

QUINTA-FEIRA, 28 DE ABRIL

AAAAAH, É HOJE!!!!!!!!!!
Não dormi muito bem noite passada, graças àquele aplicativo estúpido. Sonhei que realmente fazia xixi nas calças no placo. Tipo, literalmente na frente de todo mundo; foi horrível...

Então, agora, além da minha paranoia de *ficar nua no palco*, também estou com medo de *talvez fazer xixi no palco*. Fantástico.

Lembrete mental: **PRECISO** ir ao banheiro quatro vezes antes da peça e também checar meu corpo para garantir que estou vestida.

Deseje-me sorte!

Eu deveria tentar dormir, mas não consigo, porque muita coisa aconteceu e eu **PRECISO** contar a você **AGORA**.

Em primeiro lugar, você ficará aliviado em saber que não subi nua no palco nem fiz xixi nele. **UHUL! PARABÉNS, EU!**

Porém, nem tudo saiu exatamente como planejado (e algo na minha vida sai?).

Enfim, lá estou eu, nos bastidores, totalmente vestida com a fantasia e consigo ouvir o auditório se enchendo com **CENTENAS** de pessoas. Começo a me sentir nervosa ao imaginar mamãe, papai, Toby e Bella sentando-se nos assentos da frente. (Eles chegaram cedo para garantir que conseguiriam bons lugares.)

De repente, comecei a me preocupar com a ideia de usar o banheiro outra vez. Eu já tinha ido três vezes, mas aquele sonho estúpido estava me fazendo pensar que eu precisava ir uma quarta vez. Olhei para o meu relógio. Eu tinha quinze minutos; conseguiria chegar lá se me apressasse. Decidi correr até lá.

No entanto, como mencionei, estava completamente fantasiada, e não é de se surpreender que ir ao banheiro não seria a mais fácil das tarefas. Quer dizer, eu tinha oito pernas, dez, se você incluísse minhas pernas humanas, e doze, se incluísse as garras; são muitas patas para caber em um cubículo! Consegui tirar as garras e colocar a carapaça sobre meu quadril para me sentar na privada. Comecei a fazer xixi. Foi quando percebi: havia sangue na minha calcinha.

Sei que menstruar era algo em que eu vinha querendo há tempos, mas ainda fiquei chocada por ter acontecido. Não tinha sido como eu havia imaginado. Não assim... certamente não vestida como caranguejo gigante que deveria subir no palco em cerca de dez minutos. Em seguida, percebi que eu não estava com minha mochila, então meu kit de menstruação estava nos bastidores, e eu não tinha como pegá-lo a tempo.

Entrei em pânico, o que eu iria fazer? Não pude evitar e comecei a chorar.

Logo em seguida, ouvi a porta do banheiro se abrir, então tentei parar de chorar e fiquei o mais quieta possível. Mas os passos estavam vindo na minha direção. Alguém estava caminhando do lado de fora das cabines...

— Lottie, você está aqui?

Eu chorei de soluçar, principalmente pelo alívio de ouvir a voz que eu tanto precisava.

— Molly?

— O que foi? Você está chorando? Vi você sair correndo e fiquei preocupada...

— Eu...eu... acho que... menstruei...

— Ah, Lottie! Você tem absorvente?

— Não... deixei minha mochila nos bastidores... não sei o que fazer!

— Ok, não se preocupe. Fique aqui, eu vou encontrar sua mochila. Volto em dois minutos, prometo.

Então fiquei ali. Quer dizer, eu não tinha muitas opções, né?

Quando ela voltou, passou minha mochila por baixo da porta, e eu consegui trocar minha calcinha e colocar o absorvente no lugar. Que alívio!

Quando eu estava saindo da cabine, Amber chegou correndo.

— Molly, Lottie, todo mundo está procurando por vocês! As cortinas vão subir em cinco minutos, vamos!

— Não sei se posso... — comentei. Ainda estava me sentindo muito abalada e a última coisa que eu queria fazer era ficar na frente de todas aquelas pessoas.

Amber pareceu confusa, mas então uma expressão de compreensão surgiu em seu rosto. Ela podia perceber o que estava acontecendo? As pessoas podem perceber quando você fica menstruada?

— Lottie, você consegue! Precisamos de você... — disse Molly. — E eu sei que nunca disse isso antes, mas sua atuação de "Aqui no Mar" é... simplesmente brilhante.

Amber assentiu com entusiasmo.

— Vamos lá, você **CONSEGUE** fazer isso!

O que estava acontecendo? Até Amber estava sendo gentil comigo?

Eu sabia que elas estavam certas. Estive me preparando para esse momento por semanas. Eu sabia minhas falas e letras como a palma da minha mão. (Aliás, por que as pessoas dizem isso? Eu nem sei se eu **CONHEÇO** a palma da minha mão tão bem. Quer dizer, é apenas uma mão, né? E se parece com as mãos de muitas outras pessoas!)

— Ok. Vamos lá! — eu disse antes que mudasse de ideia.

Chegamos aos bastidores quando a apresentação estava prestes a começar. A Sra. Lane parecia estressada; estava andando de um lado para o outro e esfregava a testa. Quando nos viu chegando, pareceu **MUITO** aliviada.

— Venham, garotas! Fiquem em suas posições!

Eu não precisava aparecer nos primeiros minutos, então assisti dos bastidores e, embora eu sentisse o nervosismo em meu estômago, não parecia um nervosismo ruim, de dúvida, parecia uma energia que eu precisava liberar.

De repente, era minha deixa. Eu corri de lado no palco. O público estava no escuro, então fingi que ele não estava ali. Recitei minhas falas com clareza e em voz alta, muito melhor do que eu havia feito nos ensaios, e quando foi minha vez de cantar, eu realmente me diverti. Podia ouvir as pessoas batendo palma, rindo e cantando junto, então assumi que elas estavam se divertindo também.

Eu estava me divertindo tanto que não queria que acabasse. Parece que passou rápido demais. Depois do final, com o encontro no aquário (que as pessoas **AMARAM**), as luzes se acenderam e todos voltamos ao palco e fizemos uma grande reverência para o público que aplaudia de pé. Vi toda minha família aplaudindo com entusiasmo na primeira fileira e até vi Daniel de relance na terceira fileira, com seus pais e irmão, e ele também estava aplaudindo e sorrindo para mim.

Quanto a Jess, ela roubou totalmente o show. Sua apresentação de "Parte do Seu Mundo" foi impressionante! Uau, aquela garota sabe cantar de verdade. Quando saímos do palco, disse que ela seria uma estrela de cinema famosa um dia, mas ela disse que não quer ser uma estrela de cinema, ou uma sereia, ou uma princesa. Ela quer ser uma cientista forense; e é exatamente por isso que ela é incrível!

Depois de nos trocarmos, era hora de encontrar com os fãs, e quando vi mamãe e papai no saguão, eles correram na minha direção e me disseram que estavam muito orgulhosos. Até Toby disse que eu fui "muito bem" e Bella, abençoada seja, deu um arroto fedorento e um grande sorriso banguela.

Já estava bem tarde quando chegamos em casa, mas enquanto mamãe colocava Bella e Toby para dormir, eu esperei por ela. No meio de tanta empolgação, eu quase tinha esquecido do MAIOR acontecimento de hoje, mas não poderia ir dormir sem contar a ela antes.

Como você já pode imaginar, ela chorou e ficou divagando sobre a *jornada rumo a ser mulher* e eu falei:

— Mãããããããããe, você é tão constrangedora! — e revirei os olhos.

Mas ela foi ótima, acho que vou continuar com ela.

Então, sim, no geral, foi uma noite memorável! Tenho que dormir agora. Estou totalmente acabada.

SEXTA-FEIRA, 29 DE ABRIL

Acordei... me lembrei... tomei um banho... coloquei minha calcinha... com um novo absorvente! Estou com um pouco de dor na barriga, mas não está tão ruim. Tenho certeza de que o encanto vai passar, mas, por enquanto, é uma sensação estranha, embora de um jeito bom. Não sei por quê, mas estou me sentindo invencível.

A escola foi ótima porque eu e Jess descobrimos como é ser famosa, bem, mais ou menos. Até mesmo alguns dos alunos do oitavo ano parecem saber nossos nomes agora e muitas pessoas vieram me parabenizar por ser um caranguejo fantástico. Taí uma frase que nunca tinha ouvido na vida!

As coisas com Molly e Amber estão... não sei como dizer isso... bem? Eu acho. Sou muito grata à Molly por estar lá por mim ontem, mas hoje são só as duas de novo.

Não sei como as coisas vão se resolver no futuro, mas espero que sejamos sempre amigas, mesmo se não formos tão próximas quanto costumávamos ser.

Não me entenda mal, eu adoraria contar a você que houve um final feliz, perfeito, do tipo que vemos nos filmes da Disney. Mas a vida nem sempre é assim, e acho que estou me acostumando com isso.

Um pouco.

SÁBADO, 30 DE ABRIL — FESTA DA AMBER

Mais conhecido como o pior dia de todos.

Acordei esta manhã com um sol brilhante. Acho que nem mesmo o tempo se atreveria a estragar o aniversário da Amber, né?

Sinto uma mistura de nervosismo e empolgação, principalmente porque uma festa com meninas E meninos é a coisa mais adulta que já fiz. Não estou contando aquelas em que fui quando eu tinha cinco anos, aliás, não acho que haverá Batata Quente ou Dança das Cadeiras, o que é uma pena, porque eu realmente adoro jogos de festas.

O único problema é que, porque fiquei tão focada na peça de teatro, não dei muita atenção à escolha da minha roupa. E, por muita atenção, quero dizer *nenhuma*.

Olhei todas as peças de roupa do meu armário e nada era adequado para uma festa de primavera no jardim.

Ou deveria dizer: uma festa de primavera no jardim COM GAROTOS.

Ou deveria dizer: uma festa de primavera no jardim COM O GAROTO DE QUEM ESTOU GOSTANDO.

Aff, preciso me controlar. Preciso que alguém bata no meu rosto com um peixe molhado.

Não encontrei nenhum peixe molhado, apenas iscas de peixe. Pedi a Toby para me ajudar e ele adorou a ideia...

...talvez até demais. Ele jogou um pacote inteiro em mim!

Pronto! Eu precisava me concentrar. Só faltavam seis horas para a festa.

Subi as escadas e esvaziei meu guarda-roupas no chão, o que não ajudou muito, mas criou um bom lugar para que eu me deitasse e sentisse pena de mim mesma.

Gritei para mamãe para que ela soubesse da minha situação.

Ela veio até meu quarto e começou a mexer na pilha de roupas.

— Você tem um monte de coisas ótimas aqui... Que tal essa? — disse ela segurando um vestido branco coberto de rosas com uma saia de tule cor-de-rosa e um laço amarrado na cintura. — Você adorava este daqui! Lembra que costumava usá-lo com aquele tênis rosa brilhante e uma das minhas bolsas antigas?

— **MEU DEUS, MÃE!** Eu costumava adorar este vestido quando tinha sete anos. Se eu usar isso na festa, vão rir tanto de mim que terei que me mudar de escola e talvez até de continente.

Ela não tem noção nenhuma.

11h37

Em vez disso, decidi focar em aperfeiçoar minha maquiagem.

Se eu não tiver nada de bom para usar, talvez eu possa distrair as pessoas com um delineado perfeito.

Porém, é muito mais difícil do que parece. Um dos lados ficou ok, mas aí fiz o outro lado, e ele ficou mais grosso. Então, corrigi o primeiro lado e aí esse lado ficou mais grosso. Então tentei colocar mais do outro lado para nivelar as coisas, mas ficou todo irregular, então tive que engrossar ainda mais. Depois, tive que reforçar o primeiro lado também. Isso continuou por muito tempo e eu acabei parecendo um panda irritado.

Por que é tão difícil fazer aquele delineado fofo de gatinho bem-feito?! Mexer com delineador líquido é outra coisa que eles deveriam ensinar na escola!

12h45

Conversa de WhatsApp com Liv:

EU: URGENTE! Preciso ficar linda para uma festa hoje. Todas as minhas roupas fazem com que eu pareça uma batata e eu tentei fazer um delineado, mas acabei ficando assim:

LIV:

EU: Pare de rir! Não quero parecer essa mistura de batata e panda irritado. Quero ficar bonita!

LIV: Foi mal! Transformações são minha especialidade. Venha para cá AGORA!

14h05

UHUL, foi incrível. Devo um milhão de reais para Liv. Ou talvez uns dez reais ou algo assim...

Primeiro, olhamos seu guarda-roupa e encontramos várias coisas que ela já não usava mais. Experimentei alguns vestidos, shorts jeans e regatas que eram muito melhores do que qualquer coisa que eu tinha em casa, mas, por fim, escolhemos um macacão jeans. É tão lindo — eu adorei!

Eu também decidi que seria a ocasião certa para depilar minhas pernas pela primeira vez (não conto a vez em que as cortei com a lâmina do papai). Liv me mostrou como aplicar o creme depilatório (só demorou alguns minutos) e então, quando lavei, minhas pernas estavam tão sedosas que não conseguia parar de tocá-las. Também peguei emprestado um hidratante corporal com cor, para deixá-las com um belo bronzeado.

Depois, ela fez minha maquiagem e arrasou de primeira (uau) no delineado de gatinho. Ela curvou meus cílios com um daqueles negócios estranhos e passou rímel preto, em seguida, finalizou o visual com bronzeador nas minhas bochechas e um brilho labial rosa claro, que combina muito com jeans azul.

Hora do cabelo. Como vocês provavelmente sabem, eu raramente faço algo diferente no cabelo além de amarrá-lo em um rabo de cavalo, mas Liv disse que seria legal fazer algumas ondas suaves, então ela rapidamente começou a usar seu babyliss.

— Ok, acho que você está pronta, Lottie! Quer se olhar no espelho? — perguntou ela enquanto passava um pouco de spray no meu cabelo.

— Acho que sim — respondi.

Quer dizer, e se eu parecesse completamente estúpida?

Mas eu não deveria ter me preocupado porque, meu Deus, veja a transformação:

Quando voltei para casa papai disse:

— Quem é você e o que fez com minha filha? — o que foi totalmente hilário. Só que não.

Mamãe parecia prestes a chorar (sim, de novo). Ela disse:

— Minha nossa, não acredito que nossa bebê está indo para sua primeira festa de verdade!

Até Toby disse que eu estava ok para uma garota, seja lá o que isso quer dizer.

Enfim, agora estou apenas mexendo no meu cabelo lindo e esperando Jess e Poppy chegarem para me buscar.

Não consigo parar de me olhar no espelho. Sei que aparência não é tudo, blá, blá, blá, mas eu mal me reconheço e é *TÃO* bom se sentir arrumada pra variar.

Meu Deus, estou com frio na barriga!

20h34

Adivinhe quem voltou? *EU*.

Consegue adivinhar o que aconteceu? Não.

Quer que eu conte? É uma pergunta retórica, porque vou contar de qualquer maneira e, se a sua resposta fosse não, então, como você é grosseiro?!

Para aqueles que estão interessados, aqui está um resumo da festa:

Chegamos elegantemente atrasadas e a festa já estava rolando com força total. Jess vestia um vestido verde neon que só ela poderia usar e Poppy tinha optado por um vestido preto mais sofisticado. Todo mundo elogiou nossas roupas. As pessoas ficavam me dizendo:

— *MEU DEUS, LOTTIE! VOCÊ ESTÁ MARAVILHOSA!*

E davam uma segunda olhada em mim e tal. Obviamente era um visual muito melhor para mim do que a fantasia de caranguejo.

Amber estava incrível, mas talvez um pouco exagerada em um vestido de baile completo e sandálias de salto alto. Ela andava pelo local com uma cara que parecia um trovão.

Fiquei aliviada quando Molly veio nos cumprimentar. Ela disse que eu estava ótima e que mal tinha me reconhecido a princípio.

— O que há de errado com a Amber? — perguntei a ela.

— O que faz você pensar que há algo de errado com ela? — perguntou Jess.

— Você viu seu rosto?

Cara de brava da Amber*

*Estava ainda pior ao vivo

— Asher e Josh não apareceram — explicou Molly. — Eles cancelaram de última hora e aparentemente estão postando stories no Instagram na festa de outro garoto do oitavo ano.

— Vish.

— Sim, eu sei. Eu estou bem, mas acho que Amber não recebeu a notícia muito bem.

Quer dizer, não sou fã da Amber, mas é muito difícil ser rejeitada no próprio aniversário dessa maneira.

Fomos dar uma olhada no resto da festa, e as decorações estavam espetaculares. Os pais da Amber devem ter gastado uma fortuna em balões de hélio porque eles estavam por todas as partes. Havia balões grandes formando o número 12, balões com formato de coração, balões com purpurina e penas, e alguns aleatórios com formato de hambúrgueres, fatias de melancia e picolés.

Em vez de todas as comidas e bebidas estarem servidas na mesa como normalmente acontece em festas, havia garçons de verdade, usando coletes e andando pelo lugar com bandejas cheias de *mocktails* e *canempés* (não tenho certeza de como se escreve essa palavra, mas você sabe do que estou falando... aperitivos chiques em uma bandeja). Pensei *Uau! Essa deve ser a sensação de ser um* **ADULTO DE VERDADE**! (Sem nenhuma daquelas besteiras como pendurar a toalha depois do banho em vez de deixá-la jogada na cama. Tipo, sério, por que os adultos são tão chatos?! Que preguiça.)

Eu, Jess e Poppy elaboramos um plano de ficarmos próximas à cozinha, de onde toda a comida estava saindo, para que pudéssemos nos empanturrar com todas as melhores coisas. Tudo estava **TÃO DELICIOSO**! Havia mini cones de batatas, torradinhas com presunto chique, palitinhos de frango com pasta de amendoim, e a estrela do show: mini-hambúrgueres.

Jess disse:

— Já sei, Lottie. Por que você não vê quantos desses consegue enfiar na boca de uma vez só?

Poppy comentou:

— Meu Deus, Lottie! Não, você não pode fazer isso em uma festa! — mas ela também estava rindo histericamente, o que, para ser honesta, me incentivou; porque nunca consigo dizer não a um desafio.

Adivinhe quantos consegui? Cinco!!! As garotas ficaram impressionadas.

Estava me sentindo muito orgulhosa de mim mesma até que Daniel apareceu do nada.

Fiquei tão chateada. Bem na única noite em que eu realmente me arrumei!

Ele parecia muito tímido e ficava encarando os próprios pés, mas pela primeira vez na vida não me senti tão nervosa na frente dele... o que foi irritante porque eu estava com a boca cheia de mini-hambúrgueres.

Ele disse:

— Oi, Lottie, você está... ahn... você está ótima.

E eu respondi:

— Hum, ofigada, Faniel.

— É uma festa ótima, né?

— Aham, fessa ófima.

— E os hambúrgueres estão muito bons também, não estão?

— Nhum...muifo bonfs.

Nesse momento, Jess e Poppy perderam totalmente o controle e começaram a gargalhar incontrolavelmente. Foi impossível não rir também, mas, como minha boca ainda estava cheia de hambúrgueres, eu também comecei a engasgar. Daniel me deu um tapa nas costas e, quando percebi, espirrei/ tossi bem forte ao mesmo tempo e a bola de hambúrguer solidificada atravessou o local (provavelmente junto com uma colherada do meu próprio muco.)

Fiquei morrendo de vergonha. Por que esse tipo de coisa sempre parece acontecer comigo?

Daniel parecia preocupado.

— Você está bem, Lottie? — perguntou ele.

Eu tentei agir de maneira casual sobre a situação toda.

— Sim, ótima. Acho que essas coisas são um pouco difíceis de mastigar, só isso.

Jess disse:

— Também pode ser o fato dela ter comido cinco de uma vez.

OBRIGADA, JESS.

De repente, ouvimos Theo gritar:

E todos nós começamos a rir. Inclusive o Daniel. Por mais estranho e constrangedor que tenha sido, acho que finalmente estou conseguindo ser eu mesma perto dele.

Na sala de estar, Amber reuniu todo mundo. Achei que ela fosse fazer algum tipo de discurso, mas, em vez disso, ela disse:

— Agora vamos brincar de Verdade ou Desafio. Formem um círculo, pessoal, por favor!

Meu coração parou porque eu **ODEIO** Verdade ou Desafio. Eu já me envergonho o suficiente no dia a dia; com certeza não preciso da ajuda de um jogo estúpido.

Todo mundo se sentou e começamos a jogar: você precisava escolher entre responder a uma pergunta falando a verdade ou fazer um desafio, e então as pessoas gritavam aleatoriamente as perguntas e os desafios.

Jacinta teve que comer uma colher cheia de purê de alho (horrível), Ben teve que nos deixar escrever **IDIOTA** na sua testa com caneta preta (apropriado), Louis disse que já tinha beijado três garotas antes (provavelmente mentira), Mia admitiu ter um *crush* no Sr. Peters (eeeeca) e Kylie teve que correr pelo jardim cinco vezes gritando *SOCORRO! SOU UM TOMATE E ESTÃO TENTANDO ME TRANSFORMAR EM CATCHUP!* (apenas bizarro).

Quando foi a vez da Amber, ela escolheu desafio.

— Pule no ofurô de roupa! — gritou Ben.

— O quê? Você sabe quanto custa esse vestido? Não vou fazer isso, escolha outra coisa.

— Você não pode simplesmente escolher outra coisa — disse ele.

— A festa é minha e posso fazer o que eu quiser!

Ninguém teve energia para discutir.

Ela cutucou Kylie e sussurrou algo para ela. Dava para ver que, fosse o que fosse, Kylie não estava muito feliz com isso.

— Eu desafio Amber... — começou ela, tensa — ...a beijar o Theo.

Amber fez uma grande atuação fingindo estar chocada, como se não tivesse ordenado diretamente a Kylie para dizer aquilo.

Theo também não pareceu muito contente enquanto ela atravessava a sala até ele.

— Só na bochecha — disse ele.

Ela ficou totalmente arrasada!

Depois, foi a vez de Theo, que escolheu verdade e Amber perguntou a ele:

— De todas as pessoas da festa, de quem você gosta mais?

Suponho que ela realmente esperava que ele dissesse que era ela. Mas ele não fez isso. Olhou ao redor da sala, corou um pouco e respondeu:

— Molly.

Todo mundo começou a comemorar e, embora Amber estivesse tentando parecer tranquila a respeito disso, dava para ver a raiva crescendo por trás de seu sorriso falso. Molly estaria encrencada mais tarde.

Depois, Daniel disse verdade e Molly fez uma pergunta semelhante a ele:

— Se você pudesse convidar alguém daqui para sair, quem seria?

Eu olhei para o chão, torcendo para que isso acabasse logo. Não queria saber a resposta.

Depois do que pareceu um milhão de anos, ele respondeu:

— Ah, vejam como ela está ficando vermelha! — gritou Amber. — Deve ser amor!

Eu **ODEIO** quando as pessoas fazem isso. Olhei para o meu relógio. Papai viria nos buscar em breve.

Gostaria que ele se apressasse. Eu realmente, REALMENTE não queria jogar mais.

— Lottie! Sua vez — ouvi a voz de Amber dizer.

DROGA.

Escolhi desafio, já que preferia fazer algo estúpido como pular no ofurô do que admitir para a festa toda que eu gostava do Daniel.

— Huuuum — disse Amber com uma expressão que não me agradava nem um pouco. — Eu te desafio a beijar o Daniel... na boca!

O quê?! Não podia acreditar. Eu estava furiosa com a Amber. Por que ela sempre tenta ao máximo me envergonhar?

Jess agarrou minha mão.

— Você não precisa fazer isso, Lottie. É só um jogo estúpido. Todos podem ver que ela só está tentando fazer com que você reaja...

Eu não queria beijar o Daniel. Bom, talvez sim...um dia. Mas não aqui, como parte de um jogo na frente de um monte de gente.

Eu me levantei.

— Ótima festa, Amber, mas temos que ir embora...

— O quê? Você não pode simplesmente ir embora...

— Sim, podemos. Até mais, Amber! — disse Jess, levantando-se também.

Amber parecia irritada a ponto de explodir. Mas era culpa dela.

Lancei um olhar de desculpas a Daniel quando saímos, pois nada disso era culpa dele.

Então, no geral, foi divertido, mas também um pouco estranho. Mas me senti orgulhosa por ter tido a confiança necessária para sair dali.

Também teve algumas partes boas. Falei com Daniel de uma maneira quase normal *E* ele *ME ESCOLHEU!!!* Só espero não ter passado a ele a impressão errada ao sair daquela forma.

21h15

> **DANIEL**: Espero que você esteja bem. Todo mundo viu o que Amber estava tentando fazer. Parabéns por ter enfrentado ela! Bjos.

Um beijo!!!!! MEU DEUS!!!!!!!!!!! Dei uma resposta casual.

> **EU**: Obrigada. Estou bem. Como foi o resto da festa? Bjos.

DANIEL: Não muito boa. Theo e Molly acabaram conversando um pouco e Amber começou a andar batendo o pé como uma criança mimada.

EU: Rsrs. Aposto que ela aceitou numa boa. Estou feliz por ter ido embora quando fui então.

DANIEL: Sim, foi uma boa decisão.

Pensei: *é isso?!?!* Mas então vi os pontinhos começarem a se mexer: Daniel estava digitando alguma coisa...

VAI LOGO, DANIEL! NÃO ME DEIXE ESPERANDO ASSIM!

DANIEL: Queria te perguntar uma coisa essa noite, mas eu sempre perco a coragem quando te vejo...

É o quê?! **ELE** fica nervoso perto de **MIM**?!?
Daniel está digitando...
NÃO AGUENTO MAIS! PERGUNTE LOGO, DANIEL, PERGUNTE!!

DANIEL: Quer dizer, você pode dizer não, é claro.

EU POSSO DIZER NÃO PARA O QUÊ, DANIEL?!?!

DANIEL: Você gostaria de ir tomar sorvete comigo algum dia?

Então, estou assim...

Por sorte, eu me lembrei de como se respira, senão haveria um final um pouco mais trágico para essa história.

Esperei um minuto ou dois até a afobação de responder SIM! SIM! SIM! passasse e então respondi com...

> **EU**: Sim, seria legal. Adoro sorvete!

> **DANIEL**: Ótimo. Que tal no próximo sábado? E eu também adoro. Qual seu sabor favorito? Estou na dúvida entre chocolate *fudge* e caramelo salgado.

> **EU**: Sou chips de chocolate com menta até o fim... ou sorbet de limão em um dia bem quente de verão! OBS.: Olhei meu calendário e acho que posso te encaixar no próximo sábado. ☺

E então passamos cerca de meia hora conversando sobre sabores de sorvetes, foi perfeito.

Antes de nos despedirmos, ele tinha mais uma coisa para me perguntar...

DANIEL: Ah, aliás... o cartão que você mandou para Dan, o Cara, era, na verdade, para mim?

Querido leitor, eu me envergonhei quando ele me perguntou isso, mas o que mais eu poderia fazer além de ser sincera?

EU: Quer dizer, eu odeio admitir isso. Mas sim. Era.

DANIEL: E você realmente gosta mais de mim do que de um KitKat Chunky?

EU: Você está louco? Claro que não.

DANIEL: 😜

> PENSAMENTO DO DIA:
> EU TENHO UM NAMORADO E ESTOU
> APAIXONADA. Não, pare com isso! Tenho
> que ficar calma. Vou sair com o garoto de quem
> gosto. Não preciso ficar empolgada demais.

DOMINGO, 1º DE MAIO

Acordei hoje me sentindo 50% feliz (tem relação com Daniel) e 50% triste (tem relação com Molly), e por uma estranha coincidência, justamente quando estava pensando em lhe mandar uma mensagem, o nome de Molly apareceu numa ligação de vídeo no meu telefone.

Eu me revirei na cama e aceitei a chamada.

Ela parecia ansiosa.

— Senti tanto sua falta — disse ela.

Não pude evitar, caí no choro.

— Não tanto quanto eu!

E então ela estava chorando também.

— Eu sei que Amber pode ser um pouco... difícil... mas não quero que ela fique entre nós... Ela realmente está se sentindo tola pela maneira como ela agiu na festa, envergonhando você e ficando com ciúmes do Theo, ela nem gosta mais dele! Tenho certeza de que ela vai se desculpar logo...

Eu lhe lancei um olhar cético.

— Ela realmente pode ser uma boa amiga também, sabe...

Pensei na época em que conheci Amber...

— Sei que sim — comentei.

Molly estava certa, e eu **REALMENTE** não queria ter outra briga com ela.

— Então, o que eu perdi? — perguntei, tentando mudar o assunto para um território mais seguro. — Meu Deus, ainda não fiquei sabendo sobre o encontro de vocês com Josh e Asher!

Ela deu de ombros.

— Não tem muito o que contar. Nós nos encontramos no centro, e eles nos dispensaram depois de uma hora para se encontrarem com umas garotas do oitavo ano.

— Que droga!

— Sim, mas tanto faz; eu não estava tão interessada... foi ideia da Amber. E você? Vi você falando com o Daniel na festa...

— Bom... — eu comecei a falar, tentando controlar minha voz. — **ELE ME CHAMOU PARA SAIR!**

— **MEU DEUS!!!!!!!!!!!!!**

— **EU SEI!!!!!!!!!!!**

— Estou *TÃO* feliz por você, Lotts! E adivinha?

— O quê?

— **THEO ME CHAMOU PARA SAIR TAMBÉM!**

— **MEU DEUS!!!!!!!!!!!!!**

— **EU SEI!!!!!!!!!!!**

— Você sabe o que isso significa? **PODEMOS SAIR NUM ENCONTRO DUPLO!!!!!!**

Então mamãe entrou no quarto e pediu que eu parasse de fazer tanto barulho, porque ela estava tentando (sem sucesso) fazer com que Bella dormisse. No entanto, ela não pareceu tão brava quando disse isso, acho que ela percebeu que toda aquela gritaria era um sinal de que eu e Molly tínhamos feito as pazes.

SEGUNDA-FEIRA, 2 DE MAIO

Boas notícias: é feriado hoje, então não tem aula — uhul!

Más notícias: estou ficando sem páginas outra vez. Não acredito que já preenchi outro diário inteiro! Obrigada por me acompanhar nessa jornada! Foi divertido, né? Receio que vocês terão que esperar pelo meu próximo diário para saber sobre meu encontro com o Daniel... Ai, estou ficando ansiosa só de escrever. Sério... o que eu vou vestir?! Será que teremos assunto suficiente para conversar?! Como você toma sorvete em frente ao garoto de quem gosta?! E se escorrer sorvete pelo meu queixo?! E se ele tentar me beijar?! E SE ELE TENTAR ME BEIJAR ENQUANTO EU ESTOU COM SORVETE NO MEU QUEIXO?!?!

Aff, vou ter que me preocupar com isso depois, porque essa é a parte onde anoto toda a minha sabedoria para que você e eu possamos nos lembrar do que aprendemos ao longo deste tempo, mas, sejamos honestos, provavelmente nos esqueceremos de tudo e continuaremos cometendo os mesmos erros, mas fazer o quê...

Querida Lottie,

Algumas coisas IMPORTANTES aconteceram nos últimos meses...

Você teve um papel principal em uma peça de teatro, menstruou pela primeira vez (enquanto estava vestida de caranguejo, o que eu não recomendo), teve um namorado por acidente, partiram seu coração, quase morreu furando a orelha, quase perdeu sua melhor amiga, mas então percebeu que ela sempre estará lá quando você precisar, você tem um encontro com um garoto que parece gostar muito de você (mesmo que você quase tenha cuspido um hambúrguer no rosto dele), e você finalmente começou a ter seios! (para ser honesta, eles não têm nada de especial, mas já é um começo.)

Algumas dessas coisas foram boas, outras não. Algumas te deixaram feliz e outras muito triste. Mas uma coisa é certa: definitivamente não foi monótono! Aqui vão algumas das coisas importantes que eu não quero que você (nós) esqueça.

Amizades podem mudar e, embora seja difícil quando você se afasta de alguém de quem era muito próximo, é normal acontecer isso quando você está no ensino fundamental.

E quem sabe do futuro? Talvez aquela amizade acabe voltando...

E mesmo se não voltar, novos amigos podem ser os melhores! Estar com pessoas com quem você se diverte é o mais importante.

Não acho que se esforçar muito para falar com garotos de quem você gosta funcione. Talvez você só tenha que ser você mesma e, se eles ainda gostarem de você, ótimo! E se não gostarem, então não eram a pessoa certa para você.

É fácil se concentrar em seus próprios defeitos e pensar que são grandes problemas, mas você realmente nota o Monte Bárbara das outras pessoas? Não, né?

Você PODE fazer grandes coisas se acreditar em si mesma (como subir no palco em frente a todas aquelas pessoas e fazê-las rir — uau!).

Se você tem um hamster de estimação e acha que ele está morto, não o enterre imediatamente, pode ser que ele só seja preguiçoso.

OBS.: Meu Deus, não posso deixar de lhe contar isso. Mamãe acabou de gritar:

— Lottie, acabou de chegar um cartão para você!

Corri lá para baixo e ela me passou um envelope branco com LOTTIE escrito em maiúsculas na frente.

Um cartão escrito à mão em um domingo?, *pensei*, Muito peculiar.

Eu o abri e dei um sorriso...

Dentro dizia:

NÃO SE PREOCUPE, NÃO QUERO METADE DO SEU KITKAT CHUNKY EM TROCA. D. BJOS.

É impossível não pensar que talvez sejamos um par achocolatado!

Até a próxima.

Com amor, Lottie Beijos

VOCÊ REALMENTE CONHECE LOTTIE BROOKS?

Faça o teste para ver o quanto você sabe sobre a vida catastrófica da Lottie.

1) Qual o nome da irmãzinha da Lottie?
A Davina
B Olívia
C Bella

2) Quem acabou recebendo o cartão de Dia dos Namorados que Lottie escreveu?
A Adorável Daniel
B Heitor, o Terror
C Dan, o Cara

3) Qual o nome da espinha de Lottie?
A Monte Bárbara
B Monte Alice
C Monte Ida

4) O sabor de miojo favorito de Lottie é:
A Frango com cogumelos
B Yakissoba com curry apimentado
C Carne e tomate

5. Quem apareceu na noite do pijama de Lottie e Molly?
   A Lexi
   B Amber
   C Poppy

6. Qual papel Lottie consegue em A Pequena Sereia?
   A Rei Tritão
   B Sebastian
   C Ariel

7. O que Lottie não faz no domingo sem telas?
   A Monta quebra-cabeças
   B Joga Cobras e Escadas
   C Aperfeiçoa uma dança do TikTok

Respostas: 1C; 2C; 3A; 4A; 5B; 6B; 7C

FICHAS TÉCNICAS POR LOTTIE BROOKS

NOME: Lottie

PONTOS FORTES:
* Escolher sabores de bubble tea
* Atuar como um caranguejo cantor
* Devorar KitKat Chunkys

PONTOS FRACOS:
* Andar de patins
* Falar com garotos fofos
* Concentrar-se na aula

NOME: Daniel

PONTOS FORTES:
* Lindo
* Realmente amigável
* Aplaudiu minha atuação de caranguejo

PONTOS FRACOS:
* Começou a sair com Marnie
* Aparece quando estou comendo hambúrgueres

NOME: Bella

PONTOS FORTES:
* Fofa
* Cheira a milkshake de morango

PONTOS FRACOS:
* Faz cocô nas roupas das pessoas
* Melodramática, chora por TUDO

LEIA TAMBÉM O PRIMEIRO LIVRO DA SÉRIE DE LOTTIE BROOKS

Lottie Brooks tem apenas 11 anos e está prestes a dar início a um novo capítulo em sua vida...

    Ela está se preparando para começar o sétimo ano em uma nova escola, sem a companhia da melhor amiga, Molly, e sem os cabelos glamorosos e esvoaçantes que sempre sonhou. Além disso, ainda não se sente à vontade para usar o primeiro sutiã.

    Mas ela tem um plano ousado: ela quer se tornar a garota mais popular da escola e conquistar novas amigas. Contudo, as coisas não saem como o esperado.

    Quão complicado será lidar com todas essas situações, somadas às emoções de começar algo novo?

    Acompanhe a vida de Lottie, uma garota que registra com muito humor tudo o que acontece com ela em seu diário, enfrentando os desafios da pré-adolescência. Este é o início de uma série incrivelmente animada e ilustrada, repleta de momentos embaraçosos e, claro, boas risadas.

Angelina Purpurina

ASSINE NOSSA NEWSLETTER E RECEBA INFORMAÇÕES DE TODOS OS LANÇAMENTOS

www.faroeditorial.com.br

ESTA OBRA FOI IMPRESSA EM MAIO DE 2025